講談社文庫

新装版

# 戦いすんで日が暮れて

佐藤愛子



講談社

目次

# 戦いすんで日が暮れて

# 戦いすんで日が暮れて

# 1

私は桃子とテレビを見ていた。

テレビはどんなものをやっていたのか覚えていない。私は炬燵《こたつ》に脚を入れて横になり、座布団を二つ折にして枕にし、炬燵の外にいる桃子とふざけていた。

目が覚めたときははっきり覚えていた夢が、人に話そうとすると急に光に当てられた映写幕のように色褪《あ》せてすーっと後退し消えてしまう。そんな夢のように私の脳裡《のうり》には、ただ明るく暖かな茶の間と、ふざけていた桃子との間に流れていた楽しい気分がかすかに残っているだけだ。

多分そのとき、私は例によって、テレビの歌手のしぐさや表情について、いつもの悪口をいっていたと思う。

「なにもあの程度の歌を歌うのに、眉毛上げ下げすることもないと思うけどね」

とか、

「よオよオ、塩ダラのおにいさん！」

というようなことを。

桃子は必要以上の大声で笑いこけていた。来る日も来る日も母親が雑文書きの仕事に追われているので、こんなひとときは桃子を興奮させるのだ。

夫が帰ってきたとき、私の顔にも桃子の顔にも、楽しい笑いの名残りがあったにちがいない。私は茶の間に入って来た夫に向っておかえりなさいと身を起し、笑いの余波を顔に残したまま夫の顔を見て、そして直感した。

夫の顔は赤く、酒を飲んだ男のようにいやな光りかたをし、目のまわりが赤く、そうして今まで見たこともなかったような、子供子供した顔になっていた。夫はいつもの彼の坐り場所である炬燵の一辺にくずれるように坐りながら、重病人のような涸《か》れた声でとぎれとぎれにいった。

「すまない……会社……つぶれた……」

と同時に夫の異様に赤く光った顔が歪《ゆが》み、こらえきれぬ涙が溢《あふ》れ出たのを私は見た。

私は自分が何をいったのか覚えていない。桃子が学校から泣きながら帰って来たときと同じ、叱咤《しった》するような調子でこんなことをいったことだけは覚えている。

「伊藤さんはどうしたの、伊藤さんは……えっ、どうしたんですか、ウソをいったの？　伊藤さんは……」

その前の日、私は伊藤という金持が、三千万の金を出して会社のテコ入れをしてくれるという話を珍しくはれやかな顔の夫から聞いたばかりだったのだ。私は自分の心が、冷やかに醒《さ》めて行くのを感じた。私は炬燵の縁に額を置いたまま、黙って動かぬ夫の姿を見ていた。私は何といっていいのかわからなかった。私は驚いてもいなかったし、悲しんでもいなかった。来るべきときが来た、というような悲愴感もなかった。ただ夫が今まで私に見せたこともないような顔を見せたことに当惑していた。私は桃子を見た。びっくりして、泣いている父親を見ていた桃子は、私を見上げた。私たちの目は合った。私は桃子の目に、ふと、笑いが浮かぶのを見た。桃子は唇をすぼめ、私に向って首をすくめ、笑いをこらえる真似をした。

2

その年の十二月が寒かったのか暖かかったのか、何も覚えていない。十二月に入ったのはそれから三日目か四日目だったと思う。私は骨董《こっとう》屋の石田を呼んで家中の絵や焼き物のたぐいを売り払った。といってもこの二、三年の間に我が家の骨董の大部分は値のあるものから順に売り払われ、私がまだあると思っていた物も、

「あれは秋にご主人からお頼まれしまして、もう……」

と石田は既に売却したことを伝えた。

早朝から深夜まで、電話のベルが鳴りつづけた。いろいろな声がいろいろないい方

で夫の行く先を聞いた。夫が毎日どこで何をしているのか、私には何もわからなかった。夫は深夜、三時か四時になって漸《ようや》く帰って来るとものもいわずに寝てしまい、朝、七時には起きて家を出て行ってしまう。

「旦那さまはお出かけになっておられますが……、夜中の三時頃には帰られますけど……」

ツルヨが応答している声が、まるでテープレコーダーのくり返しのように、私の仕事部屋に聞えて来た。

「奥さまはお留守です。さあ……わかりませんけど……」

債権者の電話の合間に、雑誌社やテレビ局からの電話がはさまった。

「〝亭主を叱る〟という座談会なんですがね。ひとつそのう、痛烈なところでやっていただきたいんですよ。いや、それがですねえ。どうしてもその方のオーソリチイであられる瀬木さんに中心になっていただかないと……」

そうかと思うとこういうのもあった。

「マイホーム主義撲滅論者の一人として、賛同派の方たちと大いに論戦していただきたいんですが……」

夜になると私は仕事場を二階の書斎から茶の間に移した。ツルヨが寝てしまうと、電話は私が取らねばならない。私は万年筆を右手に持ったまま、左手で受話器を握っていった。

「申しわけございません。まだ帰りませんのですが……はあ、なにぶんにもご存知のような状態でございまして、あちらこちらと走り廻っておりますものですから……」

——電車の中でミニスカートの前に坐るのが一日のうちで最大のたのしみ、という男性がいる。そのおたのしみにあまりに一生懸命になりすぎて、電車の座席からすべり落ちたという男性もいる。会社でやたらとペンや鉛筆を机の下に転がす男がいる。前の席にミニスカートが坐っているのである。

女のハギを見て雲から落っこちて来た久米《くめ》の仙人以来、男が女のモモに弱いというそのえんえんたる歴史を今になって非難してもはじまらぬことぐらいはわかっているが、それにしても激変するこの世相の中で、男性としてのもろもろの伝統を失って来た男性諸氏がただ一つ、女のモモに対する興味だけを失わなかったということは、まことに哀れとも情けないともいいようがないのである……

私は書いた。それだけ書くのに三時間かかった。その原稿は新聞の連載随想で、明日の朝にはどうしても渡さねばならぬものだ。電話が鳴った。

「瀬木、帰ってる?」

いきなりいうその声は、私たち夫婦の古くからの友人である作家の片桐だった。

「困っちゃったよ、アキ子さん、瀬木にね、頼まれて五十万余りだけど、貸してるのさ。そうしたら今度のことだろう？　瀬木から何とかいってくるのを待ってるんだけど、ウンともスウともいって来ないんだよ。何とか挨拶《あいさつ》ぐらいしてくれてもいいと思うんだけどね。女房はギャアギャアさわぐし、いや、もうホトホトマイっちまってねえ。ぼくはとにかく瀬木を信頼してたんだよ。あの男を好きだしね。そのぼくの友情と信頼がこんな形で裏切られるとは思わなかったなア」

片桐は少し酔っている。

「ぼくはね、金のことよりも、そのことがいやだねえ。辛いねえ。わかるだろ？　アキ子さん……ぼくのこの気持、わかるだろう」

「うーん」

私は唸《うな》った。

「わかる……ごめんなさい……」

私はそれしかいえない。

「何とかならないかなあ、困っちゃったんだよ。女房がねえ……わかるだろ、うちの女房のことだから……」

「ごめんなさい。ごめんなさい。何とかするわ。あたしが……何とかお返しします」

電話を切って仕事をつづけようとすると、じわじわと怒りが頭を擡《もた》げて来た。

——信頼……友情……

と私は呟《つぶや》いた。するといきなり胸に火がついた。

——片桐さん、あなたの信頼と友情は金で左右されるものなの？　私は胸の中で叫んだ。

あなたも作家のハシクレなら、サラリーマンがいうようないいかたで信頼だの友情だのって言葉を使わないでよ。信頼だの友情だのなんていわないで、「困るじゃないか、金を返してくれよ」となぜはっきりいわないの。オレは友情よりも五十万円の方が大事だと、なぜはっきりいわないのよ！　……

私は片桐の電話番号を何度か廻したが、そのたびに信号音が鳴る前に切った。おそらく私の怒りは理不尽《りふじん》な怒りなのにちがいない。私はそう思った。多分私には片桐に腹を立てる権利などないのだ。私は「信用を裏切った男」の妻なのだ。夫婦して土下座して謝罪すべき人間なのだ。私はそれを知っており、そしてそのことが、そのどうにもならなさが、いっそう私の怒りを煽《あお》るのだった。

私がしたことではない。私の夫とそしてあなたがしたことだ！

私はそういいたかった。もし片桐が事前に私に相談してくれれば、私は絶対に夫の会社に金を出すなと警告しただろう。

——瀬木作三みたいな男に金を貸すときは当然、それだけの覚悟があってしかるべきなのに……瀬木も甘いけどあなたも甘いわね。

そうもいってやりたかった。何としてでも五十万の金を作りたい。その札束で片桐の横面をひっぱたいてやる場面を空想した。

「どう、これで友情と信頼はとりもどせた？」

そういってテレビ漫画の女賊のように高らかに笑い声を響かせてやりたいと思った。

しかし私にはそれをする権利はないのだった。私は夫が会社を経営することに反対しつづけた。夫の社長としての月給は五回ほどもらっただけで、それ以外に私は会社の恩恵を受けたことはなかった。そればかりか、社員の月給や落さねばならぬ手形の期日が来るたびに、五十万、百万と、私が働いた金が持ち出された。私が雑文を書いて稼いだ金は、右から左へと消えた。会社のボンクラ経理部長は、まるで当り前のように私に金を借りにやって来た……。だがそんなことをいくら並べ立てても、その事実はどんな力も持たないのだ。私は倒産者の妻で、妻である限りは何をいう権利もないのだ。

私は片桐にかける代りに川田俊吉に電話をかけた。もう十二時を過ぎていたが、かまわずにかけた。川田は片桐や私たちとの共通の友人だった。

「もしもし」

川田の眠そうな声が聞えて来た。流行作家の川田はいつでも眠そうな声を出す。その声を聞くと私はいつも何か激越ないい方をして、彼を仰天させてやりたい気持になるのだ。

「川田さん？　ああ、あたし、もう腹が立って腹が立って……ねえ、何とかしてよ。明日の朝に渡す原稿があるっていうのに……」

「またボンクラ亭主が何かしたのか」

「何かしたのかどころじゃないわ。倒産したのよ」

「倒産？　会社がつぶれたってこと？」

川田の声は少し緊張して高まった。だがその程度の高まり方では私は不満足だった。

「たいへんなのよ、借金とりに追われて……電話電話で仕事も出来やしない……」

私は大きな声を出した。

「ちょっと、聞いてるの、川田さん！　たよりない返事すると承知しないから……」

「聞いてるよ。聞いてますよ。だがオレは今日は熱があるんだ」

「ネツ？　何だって熱なんか出してるのよ、贅沢《ぜいたく》な……」

「手術やったんだよ。パイプカットの復元手術だ」

川田は十年前に妻の病弱が理由で避妊手術をした。ところが最近、彼は妻と別れて年若い恋人と結婚した。その若い妻が異常なまでに子供をほしがっているとかねてから聞いていた。

「やったの？　とうとう……」

「うん。それで今日はあそこが引きつってってね。うまくねえんだよ」

「へえ、引きつってるの？」

私は気勢を殺《そ》がれた。

「ああ、人生だわねえ……」

私はがっかりしていった。

「イロイロあらアな、だわ、全く……」

「で、どうなるんだい、会社がつぶれたって……」

「どうなるかわかりやしない。でも、もういいの、静かに寝なさい。引きつってる人に話したってはじまらないわ」

「いいのかい」

「いいわ、かんべんしてあげる」

電話を切ると、急に寂寥《せきりよう》が身を包んだ。深夜のためにいっそう明るさを増した頭の上の煌々《こうこう》とした電燈。ひとり起きている私。電話が鳴った。私は電話を炬燵の中に突っこんだ。

——かつて明治時代に出歯の亀太郎という女湯ノゾキの専門家がいて、爾来《じらい》デバカメという言葉がノゾキ趣味の代名詞にまでなったが……

炬燵の中で電話は鳴っている。もしかして夫の交通事故を報《し》らせる電話ではないかという疑いが頭にひらめいた。だがもしそうだとしたら尚のこと、電話を聞く前に原稿を書き上げてしまわねばならない。

――……明治の女は和服を着ていたのでデバカメ氏はわざわざ女湯まで出張しなければならなかった。デバカメ氏、泉下《せんか》にありて当今の男性群像を見、ああ世はまさにインスタント時代と嗟嘆《さたん》、これ久しゅうしているかもしれない……

電話は鳴りつづけている。時計が十二鳴った。一時半なのに十二鳴っている。根負けして炬燵から電話を引っぱり出した。

「もしもし、瀬木社長のお宅でいらっしゃいますか」

私はぞっとした。女実業家の平井かよの声だった。会ったことはないが、倒産以来日に三回ずつ電話をかけてくる。

「まあ、まだでいらっしゃいますか。いったいこんな時間にどこで何をしていらっしゃるんでしょう……」

相手は夫が居留守を使っていると思いこんでいるのだ。私は小さくなっていった。

「相すみません。申しわけございません。とにかく出かけたが最後、どこで何をしているのやらさっぱり連絡がつきませんで……」

電話はたっぷり一時間かかった。やっと受話器を置き、私はいきなり手の万年筆を壁に向って投げつけた。

3

夫の会社の決算書を見たとき、私はしばらくの間それを眺めたが、その数字が示している桁《けた》は私にはよくわからなかった。

「これ何？」

私はいった。

「ゼロが八ツ……ホントなの？　これ億？」

もう一度、私は勘定した。
一、十、百、千、万、十万、百万、千万……
「そうだ」

夫はいった。それだけだった。私は黙った。

「二億三千万――」

しばらくして私はいってみた。その額の途方のなさが却《かえ》って私を平静にしていたといえるかもしれない。私にはそれがどのくらいの金なのか、見当もつかなかった。たった三十人の社員で、僅《わず》か二年の間に二億三千万の負債――

たとえば川田俊吉が一億の金を貯めたと聞いたら私はホラだと思うだろう。だが一千万の金を貯めたと聞けば納得する。私にとって億とはそんな数字だった。その数の途方のなさは、瀬木作三という男を最も端的にあらわしていた。

夫の会社は四年前に産業教育の視聴覚教材を製作販売する会社として発足した。夫はその会社を自分の発意ではなく、知人の発意によってはじめたのだった。私は反対した。夫は事業をやれる人間ではないのだ。夫はその知人から利用されてひどい目に会うだろう。

「しかし俺はやるよ」

そのとき、夫は威張っていった。自分の思ったことをやり通そうとするとき、いつも夫は威張った口調になるのである。だが、夫は結局その友人に裏切られた。

「そうら、ごらんなさい。私がいった通りじゃないの」

結婚以来私は夫に向って何度「そうら、ごらんなさい」といったことだろう。友人に裏切られた夫は、意地になって別会社を作ろうとした。そのときも私は反対した。だが夫はいった。

「オレが新会社を作らなかったら、分裂したまま宙に浮いている社員はどうなる!」

夫は威張った顔つきをしていった。そしてまだ収入もない会社が、はじめから借金と三十人の社員を抱えて発足した。

「問題は出来るか出来ないか、じゃない。今はやらねばならん、ということだ」

夫は怒り顔になり私に無力感を抱かせるあの断乎《だんこ》とした声でいった。夫がその顔になりその声を出すときは、もう誰の力も無力だった。夫の周囲の人間の反対は夫の決意を固める助けとなるばかりなのだった。

ある朝、骨董屋の石田から電話がかかって来た。

「先日お預りしたシャガールとレジェの版画ですが……」

私は直感した。だから石田が次の言葉をいったとき、私は驚かなかった。

「実は調べてみましたら、あれは印刷したものでして……非常によく出来てはいるのですが、版画ではございませんでした」

五年前、夫は夫の友人のそのまた友人に頼まれて、三十万円あまりでその二つの版画を買ったのだ。

「金を急いでいるからこの値で買えるんだ。そうでなかったら、百万近くするだろう」

夫は知ったかぶりの顔をしていった。そのとき私は何といってそれに反対したか。私はそのときの部屋の明るさから、夫が床屋へ行ったばかりの頭をしていたことから、活けてあった花まで覚えている。

「そう。やむをえませんわね」

私は石田にいった。私の平静さは石田にむしろ危惧を抱かせたようだった。

「がっかりなさいましたでしょう。お驚きになりましたでしょう」

石田は探るようにいった。

「私も何とかして、値にならないかと、色々と当ってみたのでございますが……」

「いいんです。ご厄介かけました。どうせそんなことと思ってましたわ」

私は意味もなく笑った。

「おついでのときにお返し下さいな」

——そうらごらんなさい……私は夫に向ってそういうときを、むしろ楽しみに思った。

「審判のときが来たのよ！」

そこにいぬ夫に向って、私は勝ちほこっていった。

「あたしとあなたの勝負はとうとう今、つきつつあるわ……」

勝負がつき、私が勝ったところで私の不幸が減るというものではなかった。だが私は夫の帰宅を心待ちにした。

「シャガールとレジェ、贋物だったわよ！」

すらりとそういう。そのときの夫の顔を私は早く見たくてたまらないのだった。

私は「亭主を叱る」座談会に出席した。その座談会でどんなことをしゃべったのか、私は覚えていない。

「私の主人の会社の女の子が、主人にこんな渾名《あだな》をつけたそうです。〝シームレス〟って……ズボンに筋がないというわけです……」

そういうと皆がどっと笑ったことだけ覚えている。

「私は毎晩、仕事をしていて二時か三時に寝ます。それでも主人の帰りはまだその後なんです。主人は帰ってくるとズボンとズボン下と靴下を一緒に脱ぎます。一緒に脱いだものはベッドの横につくねたままになっていて、明日の朝はそこへ足を入れて引き上げればいいようになっています」

皆は笑いこけていた。誰かがいった。

「でもいいじゃないですか。この頃の男はみなおしゃれだから、一人ぐらいそんな人がいても……そうじゃないと世の中、面白くないですよ」

座談会が終ると、私はその足である出版社の年忘れパーティが開かれている赤坂のホテルへ行った。私はそのパーティに出ている筈《はず》の親しい編集者に原稿料の前借りを頼むつもりだったのだ。会場へ入って行くと、グラスを右手に持った川田俊吉が近づいて来ていった。

「おどろいたなあ、君んとこのボンクラ亭主はバイオリンを抱えて、神田を歩いていたそうだぜ」

「バイオリン？」

「村島がひょっこり会ったんだそうだよ。それを売って社員の最後の月給にするんだって。二億もの倒産をした人間が、今頃、バイオリンを抱えて走ってるなんて、大丈夫かね、って村島が心配してたよ」

私の目に師走の町を、バイオリンを抱えて歩いて行く夫の後姿が浮かんだ。

「奴はいったい何を考えているのかね。毎日何をしているんだい？」

川田はいった。

「そんなことより、もっとしなくちゃならない大事なことがあるんじゃないのかね」

「あるんでしょうねえ。きっと。わたしにはわからないけれど……」

冷やかに私はいった。師走の町をバイオリンを抱えて歩いていたという夫の後姿のあわれさが、私を冷やかにしたのだ。私は顔見知りの作家や編集者と挨拶をした。料理を食べ、酒を飲んだ。

「実際、あの男のすることはいちいち意表を衝《つ》くねえ」

川田はまた寄って来ていった。

「村島が見たらバイオリンにカビが生えてたっていうぜ」

私は黙っていた。顔見知りの流行作家が近づいて来ていった。

「聞いたよ、瀬木さん。たいへんだったんだってねえ。しかしねえ、これはいいことなんだ。いいことだ。お嬢さんと坊ちゃんが、やっと苦労にぶつかった。これで人生というものがわかる！　瀬木アキ子もやっとオトナになれる……」

彼は酔っていた。私は彼の得意顔を軽蔑した。

彼は川田俊吉をつかまえて税金の話をはじめた。税金の話はやがて女の話になった。

「あれはなかなかいいですよ」

「やらせますか」

「やらせますよ。勿体《もったい》ぶったりしないのがいいですねえ、あの子は」

私は川田俊吉に向っていった。

「川田さん、サヨナラ」

「帰るの？　もう……」

川田はいった。

「まだ早いじゃないの、もう少し気晴しして行けばいい」

そのとき私はまるで嘔吐《おうと》のように胸底からこみ上げてくる激情を感じた。川田俊吉の暢気《のんき》そうな丸い目を見ると、なぜか私の我儘《わがまま》はいつも誘われてさらけ出されてしまう。

「こんな中にいられると思うの！」

私はいった。私は編集者に前借を頼む目的を忘れた。

「どれもこれもいい気になってる奴ばかり。男と女がねる話書いて、税金の心配してる！下司《げす》下郎！　恥知らず！成り上り！　国賊！　……」

呆気《あっけ》に取られた川田の、ふくらんだ顔は可愛かった。その可愛らしさが私を我に返らせた。

私は夢中でエレベーターに乗った。いつもは一人で自動エレベーターに乗れないことを忘れた。私は惨《みじ》めだった。恥かしさで私は腸詰のようになってタクシーを待っていた。そのいたたまれないひとりぼっちの気持が、私に夫を思い出させた。

## 4

年も押し詰ってから債権者会議が開かれた。その日、私は一日中「おせっかいの季節」という少女ユーモア小説を書いていた。桃子は私が仕事をしている机の前で、ケシゴムを刻んでママゴトのおかずを作っていた。

「あーあ、ここの家ときたら、いったい、一家団欒《だんらん》ってことを何と思ってるのかねえ」

突然、桃子は呟いた。私はす早く聞き咎《とが》めた。

「一家団欒って何さ？　桃子は何をいいたいの？」

「だからさ、あのさ……」

桃子は詰りながらいった。

「日曜日にどこかへ行くとか、みんなで笑ってテレビ見るとか……」

「へえーえ、日曜日にどこかへ行くことが一家団欒なの、ふーん」

私は大げさな声を出した。

「呆《あき》れたねエ、情けないねエ、日曜にどっかへ行く！　笑ってテレビ見る！　ああ、何たる退屈な人生よ！　アホウの人生よ！　そんなものがいいと思ってるようじゃ、桃子もロクな人間にならないね」

「だってさ、だってさ」

桃子はムキになって口を歪めた。

「たのしいじゃないのさ。パパとママでボートに乗ったりさ、ジェットコースターに乗ったりさ……」

「ジェットコースター！　あんなものはロクデナシが喜ぶもの……」

私はいった。

「毎日ノラクラして暮してるもんだから、ああいうものに乗って、スリルを味いたくなる。ママなんか毎日、ジェットコースターに乗ってるようなもんだわ」

私は債権者会議の様子が気がかりだった。夫に惨めな姿を晒《さら》させたくないのは、夫が桃子の父親であるということのためだと思った。桃子はうつむいて消しゴムを刻んでいたが、思い切ったようにいった。「桃子、いつまでもここの家にいたい、ママ！」

私は愕然《がくぜん》として桃子を見た。

「だってさ……だって、上野さんがいったんだもの、桃子ちゃんの家は会社がつぶれたから、もう今のお家にはいられなくなるって……」

私は桃子の目に涙がふくれ上るのを見た。

「上野さんはいつ、そんなことをいったの？」

「もうせんにいったの、上野さんのお母さんがそういったんだって……」

桃子が今日までそのことをいわなかったことは私には衝撃だった。桃子はいった。

「ママ、うちはもう貧乏になっちゃったの？」

私は気を取り直し、突然声をはり上げた。

「何だ、あの上野の教育ママ！　何だ、あのコルゲンコーワ。ザマス言葉でうちのかげ口をいったというのか。失敬な。よし！　ママがぶん殴ってやる！」

桃子はいった。

「お母さんとおばあさんと二人でいったんだって……」

「よし、バアサンも一緒に殴ってやる！　並べといて往復ビンタだ！」

「でもあの家、すごい土佐犬がいるのよ」

私はどなった。

「かまわん！　犬をトビ蹴りしながら、バアサンをぶん殴ってやる！　おふくろは原爆投げだ」

桃子はやっと元気になった。

「うちのママって、おもしろい人ねえ」

桃子はませた調子でいった。

「ほんとにうちのママは威張り屋で、困ったママだ」

債権者会議は予想以上に平静だったと聞いた。重役は一人も出て来ず、経理部長も姿をくらましていない。夫が一人で質問に答えている姿を見、却って債権者の同情が集った、と知人が電話で伝えて来た。何しろ百人からの債権者である。罵詈罵倒《ばりばとう》は無論のこと、暴力を振う者が出て来ても当然なのだ、とその人はいった。

「いや、さすがですよ。社長の人徳ですよ。大声を出す者なんか一人もいなかった。むしろ同情的でさえあったですよ。社長はいい人すぎるんだ、よってたかって皆に食われたんだ、ってみないっていましたよ」

いい人すぎる——

私はもうその言葉に聞き飽きていた。二億三千万の債権者たちは、その「いい人すぎる」夫を信用し、同情し、あるいは利用し、あるいは甘くみ、そして苦汁をなめさせられたのだ。夫はかつて何の因縁もない人間のために我が身をはいで金を貸したり、助けたりした。その善意と同じ善意を持って何の因縁もない人間から金を借りたり、保証人に立ってもらったりした。夫の善意は底がぬけていて、そこから害毒を撒《ま》き散らした。夫の善意は今の世の中ではマンモスの化石のように珍しいものだった。その稀少《きしよう》価値が人を迷わせた。何のかのといっても、やはり人間は善意には目がくらんでしまうのだ。我々は善意にこそ用心しなければならないものなのに。

債権者会議から帰って来た夫は、珍しく興奮していた。

「森口のやつ……」

夫は何度もそういったが、それ以上はいわなかった。森口はもと夫の会社の営業部長だった。営業部の社員の怨嗟《えんさ》の声がたえず上り、部長がいる限り、我々は全員、社をやめるという決議が夫のもとに来たことが何度かあった。それを夫がどうにも出来ないでいるうちに、森口は会社をやめて自分で下請けの仕事をはじめた。夫は森口と取引きをした。そして森口は夫の会社の大口債権者となったのだ。

「たった二年の間に二億三千万もの負債が生じるとは、常識では考えられませんな。これは背任横領の疑いがあります。私は彼を告訴することを提案します」

森口は債権者会議でそういう発言をしたというのだ。そのことを私は何人かの債権者から聞いた。

「そうでしょう、そうでしょう。そういう男ですよ、あの男は……」

私は又もや勝ちほこって夫にいった。

「だからあたしがいったでしょう。あの顔はエゴイストの顔ですよ。耳の後から声出してペラペラしゃべるあのクツベラみたいな顔には酷薄の看板がぶら下がっているわ……」

私の声はなめらかになり、よく響いた。勝ちほこると私はいつもそんな声になる。

「全くお笑いだわ。ナンセンス、ナンセンス！　社員教育や管理者教育の教材作ってる会社の社員はノラクラ、管理者はボンクラ……全く喜劇ですよ。『社長学』を売りながら、部下に踏みつけにされてる。背任横領の疑いですって！　森口を連れて来てちょうだいよ。森口に聞いてやるわ。二億の負債が出た二年のうちの半分以上は森口が重役として在社してたのよ。その間の責任はどうなるの、手前が働きもしないで甘い汁吸ってたことはどうなるの、吸えなくなったら悪口ですか。よくもそんなことをいわれて黙ってるのね。なぜブン殴ってやらないのよ。えっ、なぜよ、意気地なし……」

「バカいうんじゃない。債権者会議で債権者を殴る社長がいるかよ」

「いたっていいじゃないの、なぜいけないの！　あたしがいたら殴ってやる！」

夫は余計なことをいってしまったという表情になった。その表情が私をいいつのらせた。

「あなたのことを人はお人よしというわ。でも、今やっとお人よしなんてもんじゃないことがわかったわ。あなたは救いがたいウヌボレ屋なんだ。ウヌボレがあなたを滅ぼしたのよ。どんな人間でも、自分の善意や理想主義に屈伏すると思ってる。あなたの罪科のうち、一番大きな罪をいってあげる。お人よしじゃない。無能でもない。ルーズさ。ノー、依頼心でもない。瀬木作三の救いがたい罪、それは傲慢《ごうまん》の罪ですよ」

私はどなった。

「いってあげようか。あなたは今日の債権者会議が、見たこともないほど静かだったことを内心得意に思ってるんでしょう。その満足で二億の負債を忘れる！　あなたってそういう男よ。現実に対して思い上りすぎてるわ」

そのとき、私と夫の間で本を読んでいた桃子が顔を上げていった。

「ねえ、ママ、綿ない？」

桃子はいった。

「うるさいから耳に栓《せん》をしたいのよ」

## 5

静かな正月が来た。

本当に静かな正月だった。客も電話もない正月というのは結婚以来はじめてだった。私と夫は一日じゅう炬燵でテレビを見て暮した。正月のテレビ番組は面白くなかった。けれども私たちは飽きずにテレビの前に坐っていた。ツルヨは大晦日の日から姉の家へ骨休みに行っていた。庭で桃子がひとりで羽根をついていた。去年、腰揚げを下ろした晴着は今年はもう短かくなっていた。暮に草履を買ってやれなかったので、桃子は運動靴をはいていた。

「静かだわね」

私はいった。

「静かだ」

と夫は答えた。夫は瘦《や》せも衰えもしていなかった。少くとも私にはそう見えた。この一年で急に白髪が増えたが、もともと若白髪の持主だった。夫の上には何も起らなかったように見えた。夫はまるで、遠くから帰って来た人のように私の隣に坐っていた。

「ねえ、いつまでこんな風に静かなの」

「そうだな、五日過ぎるとはじまるんじゃないかな」

私たちは塹壕《ざんごう》の中の兵士のように顔を見合せた。新しい年がどんな年になるのか、私には見当もつかなかった。おそらく遠からずこの家には住んでいられなくなるだろう。だが少くとも今は、この数年来、私たちが持ったことのない平和な時間だった。それは塹壕の兵士が味う、銃火の合間の静寂に似ていた。

「今のうちに眠っておけよ」

と戦友にいう兵士のように、私は夫に枕を渡した。

私は立ち上って遅い昼餉《ひるげ》の支度をした。正月といっても何の支度もしてなかった。私は電気コンロで餅を焼きながら、ふと思いついていった。

「去年の正月、水沢さんに貸したお金、返って来ましたか？」

「いや」

夫は横になったまま短かく答えた。私は去年の正月のことを思い出したのだ。丁度三日の日、私が餅を焼いていると水沢がやって来て、来客でごった返している応接間から夫を連れ出して来た。水沢の母が急死したため水沢は夫に四万円の金を借りに来たのだ。

「水沢さん、うちの今度のこと知ってるんでしょ」

「知ってるだろう」

「なら返してもらったら？」

「うん」

　私はまた思い出した。

「井村さんはどうなったかしら？」

　たしか夫は井村にも二万か三万かの金を貸したといっていたことがある。夫は答えなかった。答えないのはそのままになっている証拠だった。

　餅をひっくり返し、私はまた思い出した。

　笠井——庄野——森……私は餅を焼くのを中止し、紙とペンを持って夫のそばへ行った。

「ねえ、一応書き出してみたら？　そして返してもらえるような人には、手紙でも出して返してもらったら……」

「うん」

　夫はしぶしぶ起き上った。

「金をくれっていうわけじゃないんだから、恥かしいことなんかありやしないわ。場合が場合ですもの。それで迷惑をかけた人に少しでも返せればいいんだから。そうでしょう？　そう思わない？」

かかった。

「そりゃそうだ」

夫は素直に肯定した。気のりのせぬ様子で夫は書きはじめた。私はまた餅を焼きにかかった。

「書けた？　思い出せた？」

私は思い出した名前を追加した。私は少し浮き浮きして来た。私は夫が素直にその気になったことが嬉しいのだった。夫はそろばんを弾《はじ》いた。

「合計出たの？　いくらになった？　四十万？　五十万？」

それでも私としてはその金額を誇大にいったつもりだった。すると夫はいった。

「百九十八万六千円だ」

「なんですって！」

私は餅をほうり出して夫のそばへ駈け寄った。紙片には一目では数えきれないほどの人の名前が並んでいた。私は絶句した。部屋の空気の密度が急に変ったのを感じた。私は並んでいる氏名を見た。

上山光枝——私は思い出そうとし、そうしてやっと思い出した。それは昔、私たちが文学の勉強をしていた古い同人雑誌にいた女の名前だった。しかし上山光枝は私や夫がその同人雑誌の集りに顔を出したり出さなくなったりしはじめた頃に同人になった女だったから、私も夫も決して親しい間柄ではなかった。

「上山光枝なんて……あなた親しかったの？」

「親しくないよ。同人会で二、三度会っただけだ」

「それがなぜお金なんか借りに来たの？」

夫は私の表情をチラと見た。

「突然会社へやって来たんだ。勤め先の計理士と大ゲンカをしてとび出したんだ。安場さんが女性週刊に紹介して小説を書かせた。その稿料をあてにしていたらダメになったというんだ」

突然私たちの平和はかき消えた。いつか私は夫の前に立ちはだかっていた。

「なに、これ！」

私の声は上ずった。そのとき私は上山光枝に貸した金額が、三千円ではなく三万円であることに気がついたのだ。

「一、十、百、千、万！　三万！」

私はどなった。

「三万も！　上山光枝に……」

舌がもつれ、顎《あご》がガクガクした。思ったように舌がまわらない。しかし胸の中につかえている熱いかたまりを、一刻も早く吐き出してしまわないことには、この場に悶《もん》絶《ぜっ》してしまいそうだった。

「上山光枝に何のギリがあったの！　え、聞かせてちょうだい。なぜそんな縁もユカリもないやつに金を貸すのか。え？　なぜなのよ、いいなさい。いいなさいったらいいなさいよ」

夫は黙っている。小学生の頃、組に猿メンという男の子がいた。教師に叱られると黙ってしまう。猿メンをムキになって憎んでいる女教師がいて、何とかして猿メンに返事をさせようとして金切声を上げていた。それを、私は思い出した。女教師の気持がよくわかった。夫は猿メンだった。テコでも動かぬ図々しさがあって、コンクリートのかたまりのように鈍感でにくたらしかった。

「上山光枝をくどいた？　え？　どう……」

私は叫んだ。

「返事なさいよ、返事を。何を威張ってるの。やったのかどうか、正直にいいなさいよ」

「バカなことをいうなよ。あの女のツラを考えてからいってくれよ」

私は焔《ほのお》に包まれた仁王のようになった。

「やらなかったっていうの？　くどきもしなかった！」

私は叫んだ。

「だからあなたは倒産する男だというのよ。モトも取らないで、金を出すバカがどこにいるの、そんな根性だから倒産するのよ。イッパツもやらないで三万も貸すなんて！　さあ、行っていらっしゃい。くどいて来なさい。この世はすべてギブアンドテイクですよ！　……」

私は台所に走り、電気コンロの上の餅をつかんで廊下から夫めがけて投げつけた。餅は夫のもう何日も洗わないフケだらけの頭に当って、部屋のあちこちに飛んだ。夫は炬燵に入ったまま、凝然《ぎょうぜん》と貸金の表を見つめていた。

正月が明けると、再びさわがしい毎日がやって来た。電話が鳴りつづけた。夫は朝八時に家を出、夜更けて帰ってくるまで何をしているのか、行く先もわからなかった。私は夫の会社の重役に名を連ねていた南原の訪問を受けた。南原は自分が保証した銀行の借金について相談に来たのだ。南原は重役とはいえ、月給をもらったことはなかった、と力説した。私は南原の代りに保証人となり、月々若干の返済をして行くことで話がついた。数日すると、野方正夫がやって来た。野方はもと私の家に出入していた保険屋だった。H信用金庫からの会社の借金に、島中という人が保証人になっている。島中という人は夫とは何の関係もない人だが、野方の頼みで夫に同情してそういう親切をほどこしてくれた。そうして野方もまたその借金の連帯保証人になっているのだ。長い時間かかって、私はやっとその関係を呑みこんだ。要するにその金を私に返せということなのだ。私はそれを引き受けた。野方は私があまり簡単に引き受けたので拍子ヌケがしたようだった。彼は却って疑わしそうに私を見、何かうかぬ顔で帰って行った。

出来る範囲において私は人にかけた迷惑をつぐなわねばならぬと考えていた。この数年、私は夫から金を借りて行った連中が、暮しがらくになっているにもかかわらず、当然のようにして金を返さないことに対して、考えられる限りの言葉を使って罵倒して来た。その罵倒に対しても、私は今回金を惜しんではならないのであった。私が借金の肩代りをしたという報告を聞いて、夫はただ、

「そう」

といった。それだけだった。夫は私に向って一度も、この借金を肩代りしてくれ、と頼んだことはなかった。私はいつも自発的にそれを背負ったのだ。そんな私に対して夫は何の表現もしなかった。一週間ほど旅行してくるわね、とか、ヒスイの指輪、買ったのよ、などといったときと同じように夫は、

「そうか」

というだけだった。

いつのまにか私が月々返済する借金は、私の収入に迫る額になっていた。

「夫の負債に対して妻は責任はないんですよ。しかも個人じゃなくて会社の負債なんですから」

そう注意してくれる人たちがいた。だが会社の負債であっても、迷惑をこうむる人は個人だ、と私は答えた。そうだ、その頃まで私はまだ義務や責任を云々《うんぬん》出来る世界にいた。私にはまだ売って金に出来る品物がいくらかあった。金のために声の出し方が変ったり、笑い方がヒステリックだったり、下唇がつき出ていたり、要するにその表情が細かく変化して来た男たちを、私は軽蔑した。私はその軽蔑によって、私の懐《ふところ》から出て行く金の重みと均衡を取った。

6

年があらたまればすぐにでも開く筈だった債権者委員会はいつまで経《た》っても開かれなかった。大口の債権者の間で話し合いがつかず、いつかもう二月に入っていた。

私は私たち夫婦の共通の友人である画家の沼田四郎の家が、会社の借金の担保に入っていることを知った。それを私に知らせたのは夫の兄だった。二月中に金を作らなければ沼田の家は差押えられてしまう。夫は兄のところへその金を借りに行ったのだ。

それは東京には珍しい大雪が降った翌日だった。私は腹を立てたり心配したりする気力を失って、膝までの深さに庭に降り積った雪の眩《まば》ゆい輝きを見ていた。また新手の襲撃が近づいて来ていることを私は感じた。今度の襲撃は大きかった。兄からの電話は作三のためにしてやれることはもう何もない、ということを告げる電話だった。それはいわば最後通牒だった。破産宣告でも何でも受けさせるがいい、と兄はいった。

「ぼくらはもう、あの男を見捨てます」

襲撃は次から次からやって来た。私は貴金属や装飾品を全部売り払った。だが沼田四郎の家を救うためには、私の貴金属や原稿料の前借りではどうにもならぬのだ。

「もうこうなったら、矢でも鉄砲でも持ってこい、ってのよ！」

私は景気づけにどなった。

「金の亡者ども！　どんどんやってこい！」

夫に対する私の怒りは、債権者たちに向けられていた。私は当然の権利のように、彼らを憎んだ。私は生きねばならなかった。そのためには怒りが必要だった。それは私を守る唯一の武器だった。怒りの力をかりて私は金を投げ出した。もし今、私が金を惜しいと思ったら、その瞬間から私は倒れるにちがいない、そういう予感が私にあった。

「つまらない自尊心に酔ってると、今にとんでもないことになるわよ」

と親しい女友達はいった。

「そりゃあ、あなたみたいに生きていたら気持はいいでしょうよ。でもそれがしていられないのが人間よ。それを知らなくちゃいけないわ」

女友達のいうことはその通りかもしれなかった。だが私の中では自分で自分をどうすることも出来ない力が働くのだった。私のイトコに北支で戦死した男がいた。彼は斥候に出た帰り、軍装を頭に乗せて裸で河を渡っているときに背後から銃撃を受けた。丁度、河の中央まで進んで来ていたときだが、銃声にカッとなってふり向くと、やにわに河をあともどりしはじめた。部下が制したが聞かなかった。彼は斥候の任務を忘れて敵の方へ引き返しはじめた。彼は岸辺に躍り上り、「この野郎！」と叫び右手に高く銃をかざして裸のまま倒れた。敵の弾丸が心臓を貫いたのである。私が男ならそのイトコと同じように死ぬにちがいない、と昔から私は思っていた。

私は沼田四郎の家の担保をぬくために、町の金貸しから金を借りる決心をした。それには五百万の金が必要だった。担保になるものはもう何もなかった。金貸しは日雇労務者や浮浪者たちの集る町に住んでいて、彼らのための簡易宿泊所を十何軒も持っているという男だった。夫は以前、その男に二、三度手形の割引きをしてもらったことがあるのだ。

曇った寒い午後、灰色の空の下にふしぎなほどの静けさがひろがっているその町へ、私は出かけて行った。私がその町に住む金貸しから金を借りることに反対したのは私の母だけだった。母はその町の名を聞いただけで慄《ふる》え上ってしまった。母は私の夫を罵《のの》り、夫の親や兄たちに腹を立てた。

「なぜお前ひとりが、そんなに、何もかもせんならんのです！」

私がその金貸しから金を借りることに反対したのは、母だけであることが私を憤らせた。母の反対によって私は、私の身を思ってくれる人間は、この世で母一人であることに今更のように気がついたのだ。沼田四郎と共通の友人たちはみな、

「沼田を何とかしてやってくれよ」

というだけだった。川田俊吉だけが苦しそうに、

「うーん、困ったねえ」

と唸った。それが私の唯一つの慰めだった。沼田四郎は私に電話をかけて来て、

「女房を安心させてやって下さいよ」

と、いった。そうして夫は私に、

「そうしてくれるか」

といった。

金貸しは縁なし眼鏡をかけた、四十余りの色の白い小肥りの男だった。高いカラーで苦しそうに太い頸《くび》をしめつけ、十年も前にはやった胸巾いっぱいのイカエリの灰色の背広を着ていた。私は彼を西部劇に出てくる裏で隠然たる勢力をふるう公証人のよ

うだと思った。

「奥さん、よくお考えなさいよ。瀬木さんは倒産したんだ。どうにも出来ないから倒産したんだ。倒産した以上借金はもう払うことはないんです」

金貸しはせっかちな性格をあらわす、せかせかした早口でいった。

「借金の保証をした者は、保証したことに対して責任を取らなければならないんです。家を担保に貸した者は、それだけの覚悟で貸したんでしょう。まさか隣へ鍋を貸すようなつもりで貸したのではないでしょう。バカバカしい。この世はね、奥さん、ママゴトじゃないんですよ。そんなもの、奥さんが心配する必要はありません。ほっときなさい。ほっとけば皆、仕方ないから、それぞれ自分の智恵で何とかしますよ。ほっとけ？　そういうもんでしょう？　人間は自分のしたことの責任は自分で取るものですよ」

彼は私の方に身をさしのべ、子供にでもいい聞かせるように、一言一言、くぎっていった。

「そうですよ。そういうものなんですよ。瀬木さんは倒産したんだ。名誉とか面目とか友情とかにこだわっているようじゃ、瀬木さんは立ち上れませんね。世の中はそんな甘いものじゃない。泥におちた以上は平気で泥をかぶるんですよ」

突然、涙が溢れた。それは夫が倒産してからはじめての涙だった。私は自分が小さく小さく、幼児のようになって行くのを感じた。私は年老いた父の末っ子に生れ、八歳まで乳母の乳を吸って甘やかされて育った。私は一人ではどこへも行けず、人に話しかけられると返事が出来なくて涙ぐむような女の子だった。いつも女中か姉の尻についてまわり、人目につかぬようたえず心を砕いていた。

私は金貸しが私を憐《あわ》れんでいることを直感した。彼は金を惜しんでいるのではなく、心そこ、私のためを思ってくれているのだ。私はそう思った。彼は私を世間知らずだと思っている。それが私を泣かせた。

「奥さん、奥さん」

私の方へ身を乗り出して、せっかちに彼はいった。

「奥さん、しっかりしなくちゃいけませんよ。感情に流されては駄目です」

泣きやもうとしても私は泣きやむことが出来なかった。私は生れてはじめて男らしい人間に出会ったような気がした。私を弱い女としてあつかう男に出会った。私は、子供のようになって彼に懇願した。

「でも、どうしても……お金を貸していただきたいんです。どうしてもあたし、貸していただきたいんです」

彼はしばらく考えた末、では三百万だけにしておきなさい、といった。

「わたしは奥さんのためを思うからそういうんですよ、奥さん、わかりますか」

「わかります。でもどうしても五百万ほしいんです」

私は強情にいった。彼は困ったように黙った。しばらくして諦《あきら》めたようにいった。

「いいでしょう。お貸ししましょう。しかし奥さん、いいですか。これ以上は絶対に借りてはいけませんよ。わたし以外の所からも絶対に借りちゃいけません。でないと自分で自分の首を締めることになりますからね」

私は勢よく家に帰って来た。私は嬉しかった。

「世の中はまだ捨てたものじゃないわ」

と私は大声で夫にいった。

「まことの男がまだいたわ。女をいたわることを知っている男が……」

私は元気づいた。嬉しさのあまり私は、また更に五百万の借金が増えたということの苦痛を忘れた。

7

私が返さねばならぬ借金は、気がつくと単位が千万になっていた。それだけの金を返しおおすのには、約六年の歳月が必要だった。

私は大阪テレビの主婦向け番組に出るために大阪へ行った。私はもう仕事の選り好みはしていられないのだ。テレビ局には一般聴視者の主婦が多勢来ていて、夫の小遣いは月収の何パーセントが妥当かというようなことについてしゃべっていた。小遣いを月に二千円しか使わぬという男も来ていた。月給袋を封のまま渡す夫、封は切ってあるが手はつけずに渡す夫、自分の小遣いをさし引いて渡す夫——それらの比率を書いた表があらわれ、一人の五十がらみの女がしゃべった。

「そりゃあ封のまま渡された方が気持がよろしいわ。そのまんま渡してもろたら、夫のま心というか、愛情というか、そんなもんがしみじみと伝わって来て、ほんまに心から、ああ、ありがたいなあ、とお礼をいいとうなるような気持になります……」

司会者は突然、私にマイクを向けた。

「瀬木さんはいかがですか？」

私はいった。

「封なんか私はどっちでもいいんです」

我ながらあまりにそっけないいいかただと思って、私はつけ足した。

「中身が健在ならば……うちなんか、封どころか袋そのものがないんですから……」

そういうと時間が切れた。私はただその一言をいうために新幹線に乗って大阪まで行ったことになってしまった。

「ご苦労さまでございました」

「お忙しいところをわざわざありがとうございました」

私は担当の人に最敬礼をされ、謝礼金をもらって東京へ帰って来た。私の羞恥心《しゅうちしん》は家へ帰っても三日ほど疼《うず》いていた。私は今自分が、最もくだらない生き方をしていることを知っていた。それを夫に向って難詰《なんきつ》したかった。だが難詰する時間が私たちにはなかった。明け方近く夫は帰って来て、私が仕事をしている部屋に声をかける。私は万年筆を持ったままふり返って、その日やって来た債権者やかかって来た電話のことを告げ、夫は敷居ぎわに立ったたまそれを聞いて寝に行ってしまうのだった。私は仕事を選んではいられなかった。割のいい仕事なら何でも引き受けた。私は「東京メガネ組合」へ講演に出かけた。なぜ私が「メガネ組合」で講演するのか、その必然性がどこにあるのか私にもわからなかった。

庭には冬の間の落葉が積っていた。庭は荒れたまま気がつくと春が来ていた。債権者と話をしながら私はそのことを、枯芝の間から伸びた雑草を見て気がついた。ある日、学校から帰って来た桃子が、ランドセルを背負ったまま、けたたましい声で叫んだ。

「ママ！　たいへんよ、コロがお尻を怪我してる！　……」

私は債権者の詰問の電話に答えていた。

「ママ、早く早く、コロのお尻から血が出てるのよ。赤チンつけてやってよ、ママ！」

私が電話をかけている目の前のガラス戸に、桃子の丸く、赤い真剣な顔があらわれ、ガラスを叩いた。

「早く、早くったら、ママ！　コロを見てやって……」

「大丈夫よ、ほっとけば直る」

私は送話口を手でふさいで、急いでいった。

「そんなこといって……じゃ、ママはコロが死んでもいいっていうの……」

ガラス戸の向うの桃子の瞠《みは》った目がみるみる赤くなって涙がにじみ出て来た。

「ママってどうしてそんなひどい人なの、コロが死んでもいいっていうの！」

私は疲労していた。実際、犬のメンスなんかにかかわっている暇なんかないのだ。ある朝、一人の男がやって来て、夕方の六時まで応接間に居坐った。彼は夫にではなく、私に金を出させようというのだった。今では債権者たちは夫を追うより、私を追う方が得策だと考えたのだった。私は気弱さではなく、怒りのために借金を引き受ける。彼はさんざん夫の悪口を並べ立てた。

「いったいあれが倒産した男のすることでしょうか」

と男はいきまいた。二、三日前、彼が夫と喫茶店で話をしているところへ、夫の友人がバーのホステスを三人ほど連れて入って来た。ホステスたちは夫とも顔馴じみだったので同じテーブルに坐り、てんでに好き勝手な注文をしたが、帰りがけにその勘定を夫が払ったというのだった。

「ぼくはアタマに来ましたねえ。全く、あの人はなんて人でしょうかね。借金を踏み倒して、なにもホステスのアイスクリーム代を払うことはないじゃないですか」

いかにも夫のやりそうなことだった。私はもう腹が立たなかったが、私は男の怒りをもっともだと思った。それで私は届いたばかりの現金書留の稿料を、封のまま、男に渡してしまった。

ある日、夫は私に向っていった。

「アキ子、籍を抜いてだな、離婚した方がいいように思うんだがね」

夫が何をいい出したのか、私にはとっさにはわけがわからなかった。

「誰の話？　あたしとあなたの話？」

「うん」

夫はいった。

「そうした方がいいと思うんだよ。これからうるさいことが色々起ってくる」

「これから？」

私は呆れた。私は二千万以上の借金を背負った。それなのにそれがまだ序の口だったというのか。

「離婚してしまわないと、アキ子は仕事が出来なくなるだろう」

それはまるで引越の相談でもするような調子だった。

「で、あなたはどうするの？」

「オレはどっかへ行くさ」

ことなげに夫はいった。

「どうやって食べて行くの？」

「食べるくらい何とでもなるさ」

私はしばらくの間、何もいわなかった。結婚以来、事あるごとに私を焦《いら》だたせたあの無表情が夫の顔を蔽《おお》っていた。

「あなたは今度のことをどう考えているのか、説明してもらいたいわ。こんな結果にしたことをどう思っているのか、こんな結果になることは、私にはわかっていたわ。私にはわかっていたけど、あなたはわかっていたのか。わかっていてここまで来てしまったのか、それともわかっていなかったのか、せめてその点だけでも知っておきたいわ」

夫は返事をしなかった。

「わたしはともかくとして、あなたは友人を裏切るようなことをしてしまったわね。それでもあなたは平気だわ。少くともそんな風にわたしには見える」

私はいつものあの馴染《なじ》み深い憤怒の焔が燃え立ってくるのを待った。夫は今までのいつのときもそうだったように、倒産のことになると貝のように口を閉じてしまう。しかし、その夫の剛情な沈黙に向って飽きもせず火焔《かえん》放射器のようにほとばしった私の怒りは、今日はあらわれなかった。

「俺が考えていることを口にしたところで、誰にもわかりやしないんだ」

やっと夫はいった。

「わからないだけならいいが、聞いた相手を怒らせるだけだからな。だが、こういうことだけはいえる。渦中にいる人間と、そうでない人間との間にある断絶の深さは、普通の人にはわからんものだ」

「何ですか、それ。渦中の人間は目が見えなくなるのが当り前だってこと？」

夫はしぶしぶいった。

「そうじゃない。そんなことじゃない。どっちが正しいとか正しくないとかの問題はそこにはないんだ。本質的にいえば、これは、なるようになった、ということなんだ。それだけのことだ」

胸の中でやっと怒りが動きはじめるのを感じながら私はいった。

「あなたはことここに至ってもまだ、そんな観念のネゴトをいってるの！」

夫は急に雄弁になった。

「ヘルダーリンは大へんいいことをいっている。――およそ人間ほど高く育つものはない。深く滅びるものもない——この言葉のおそろしさが、アキ子、わかるかい。この言葉は人間は高く育つこともあり、深く滅びることもあるという可能性の問題をいっているのではない。この言葉の怖ろしいところは、深く滅びるということと高く育つということは、全く同じ一つの能力だということをいってる点だ。全く、それが人間の怖ろしさなんだ」

動きはじめた怒りは消え、無力感が微熱のように私を蔽った。それは遠い故郷の味か匂いのように、なつかしい馴染み深い無力感だった。彼はかつて、その流れるような弁舌で私や文学の仲間を煙に巻いたときの、あの昂然《こうぜん》とした自負に満ちた顔をしてそこにいた。

「いいかね、アキ子、みんなはいう。倒産は瀬木のいい薬になっただろうと。しかし本質的にはクスリなんてものはないんだよ」

彼は蘇《よみがえ》ったのだろうか？　それとも彼は死ななかったのだろうか？　私の中を、バイオリンを抱えて師走の町を歩いていたという彼の姿が通って行った。

「俺は倒産した以上は、借金を棚上げにしようという考え方には不賛成だ。最後の最後まで払うべきだと思っている。しかし、今の俺には払えない。それだけのことだ」

おそらく彼は平然と私と離婚出来、何日ものを食べなくても平気で、何の苦痛も感じずに橋の下で寝ることが出来るだろう——私は思った。彼は何ひとつ変っていない。彼は私に二千四百万の借金を背負わせて、去って行くというのだ。

「あなたは人間じゃないわね。観念の紙魚《しみ》だわ」

私はため息をついた。これほどの事件があっても夫の観念が微動もしていないことに腹を立てながら、その変らなかったということに私は心のどこかでかすかに安堵《あんど》しているのだった。

8

翌日、私は桃子を連れて散歩に出た。

生あたたかな四月の夕暮は、濁ったうす桃色と青灰色の空を、古びた屋根と新しい屋根の細かくいりまじった住宅地の上にひろげていた。むかしこの住宅地が丘陵だった頃の名残りの大銀杏や欅《けやき》がところどころに黒く高く突っ立っていて、魚を焼く匂いが流れてくる生垣の前を通り過ぎると、次の垣根では肉をいためる匂いが漂ってくるのだった。

「ママ、ママはこの世の中で一番こわいものなあに？」

「こわいものなんかママはないよ。ママは偉いんだからね。ママをこわがる人はいるけど、ママがこわいなんてものはいやしないよ」

「ママったら……またすぐ威張る……」

桃子はいった。

「あたしは犬殺しが一番こわいの、それから誘拐魔……ママ、あたしが誘拐されたらどうする？」

「そうねえ。新聞でいうわよ。誘拐魔に告ぐ！　桃子に書取りをさせて下さい。算数は九九を七と八の段をやらせて下さい……」

ふいに環状七号線がひらけた。それは何度来てもふいにという感じで私の目の前にあらわれる。それは多分、私たちの歩いて来た道が、昔ながらのたたずまいの中で不器用に曲りくねっているからで、環状七号線はその道の終り近くになって急に出っぱっている木造アパートのかげに姿を隠しているのである。

暮れなずむ空の下で渓流のように車が走っていた。歩道橋に上って南の方を眺めると、既に暮れた鼠色の町の果からヘッドライトをつけた車が際限もなく湧き出して来て、まるで無人車のように機械的な速力でまっしぐらに走り、あっという間に足の下に消え去る。警笛も人声も聞えぬ、ただ轟々《ごうごう》と一定の音のかたまりが、環状七号線をゆるがしている。

「うるさいぞオーッ、バカヤローッ！」

突然、私は歩道橋の上から、叫んだ。

「桃子、あんたもいってごらんよ」

桃子は喜んで真似をした。

「バカヤローッ、うるさいぞオーッ」

私と桃子の声は轟音の中に消えた。私はどなった。

「いい気になるなったら、いい気になるなーッ」

車は無関心に流れていた。沿道に水銀灯がともった。轟々と流れる車の川の上で、私と桃子は南の方を向いて立っていた。

# ひとりぽっちの女史

さすがの高山女史もこのところ気力の衰えを感じはじめていた。高山女史の夫が経営していた室内装飾の会社が倒産し、高山氏が家へ帰らなくなってからはや三ヵ月経《た》っていた。

「旦那さま、可哀想ですね。今頃、どうしていられるかしら」

家政婦の安藤さんはときどき思い出したようにいった。安藤さんは三十三歳の未婚の女性だが、高山氏をたいそう尊敬していた。あるいは高山氏を好きなのかもしれないと、女史はふと、女らしい感情で思ったこともある。

「一目見たときから、旦那さんはいい方だなあ、と思いましたわ。あたしのような者にもそれは丁寧に口をきいて下さってねえ……」

その言葉はまるで、旦那はいい人だが奥さんはよくない、といっているように高山女史には聞えた。安藤さんは高山女史が夫を追い出したように考えているのだ。高山氏がこの家を出て行かなければ、何億という会社の負債の中に高山一家は呑み込まれ、ミキサーにかけられたようになってしまうことを安藤さんはよく承知している。承知していながら、安藤さんは高山女史に批判の眼差《まなざ》しを向ける。安藤さんは高山女史が倒産者の妻らしくない元気のいい顔をして、債権者に渾名《あだな》をつけたり罵倒《ばとう》をしたりして、「でかい顔」をして生きているのが面白くないのだ。女史がうちひしがれ、愚痴っぽくなり、何かというと涙をこぼし、病気がちにでもなれば、俄然《がぜん》安藤さんの同情は女史に集るにちがいない。

安藤さんばかりではない。高山氏の友人たちも親戚《しんせき》も債権者たちも、すべて女史に対して非難がましい視線を注いでいた。債権者の中には女史から会社の負債を取り立てようと考えている連中が何人となくいて、女史がそれを拒むと腹立ちまぎれにこういった。

「へえ、それじゃ奥さん、あんたは自分に収入があるものだから、借金背負った旦那を追い出したわけですか。たいした人だねえ。あんないい旦那をそんな目にあわせて、自分はヌクヌクと贅沢《ぜいたく》をしているってわけか。可哀想になあ、高山さんは、本当に神さまみたいな人なのになあ……」

と、それまでは泥棒とか裏切者とかいっていた同じ口から急に高山氏は神さまに昇格した。

高山女史は受話器を握りしめたまま顔面が紅潮し、怒りのために胸が迫ってものがいえなくなったことが何度かある。それは女史が罵倒されたためではない。世の中というものはそのいい分の手前勝手さが通用する強い立場と、黙って通用させせねばならぬ弱い立場の二つに大別されているということ、そして今、女史はその後者に立たされているということが、女史にはどうにも我慢ならないのであった。

「話のわからん奴は殴るに限る！」

明治の新聞記者であった女史の父は、よくそういっていた。彼はある政党の集会で、

「おい、新聞屋！」

と呼んだ政治家をぶん殴って大騒動を起したことがあるのだ。女史の父は、女史にとって男の理想像だった。いや、正確にいうならば倒産以来、理想像になったといえる。

女史はよくいった。

「お父さんが生きていたらただではおかないわよ！」

女史は債権者が電話という隠れ蓑《みの》の中でいやがらせをいったり、嚇《おど》かしたりするのを卑怯《ひきょう》だといって怒った。女史は倒産以来、一度だって尋ねて来た借金取りから逃げ隠れをしたことはないのだ。

「この高山高子は敵に後ろを見せるようなことは、しませんよ！」

女史は自分で自分のことを、「大高山《ダイ》」と呼んだ。

「ダイ高山たるものが、たかがゼニカネのことで逃げまわると思うの！」

それは女史の父の、生前の口調にそっくりだった。

「下司下郎《げすげろう》！」

その言葉も父がよく口にした言葉で、女史の好きな言葉の一つだった。女史はそれを丁度、剣道や柔道の気合のように叫んだ。すると女史の中には、たちまち噴煙のような闘志が湧き上って来るのであった。

高山女史はこの十年来、漫画を書くことを職業として来た。二十年前、彼女はシャガールのような絵を描く画塾生だった。女史が漫画を職業とするようになったのは、一口にいって生活のためである。もっと端的にいうと夫のためだ。この十年の間、高山氏の会社は二年に一度の割でつぶれそうになった。女史が画塾生だった時代に芸大生であった高山氏は、結婚して間もなく、女史の反対を無視してディスプレーの会社をはじめた。食えないディザイナーや画家のなりそこねを集めて作った会社である。経営がうまく行く筈《はず》がない。その頃、面白半分に書いた女史の漫画がふとしたことで金になって以来、女史は会社の危機に追われていつか漫画家として収入を上げるようになって行ったのだ。

二年前から女史が週刊新泉に連載している家庭漫画〝ボンクラとうさん〟は高山氏がモデルだと、口さがない世間はいっていた。だが高山氏はそうした世間の取り沙汰や、女房に養なわれていることについて、いつも平然としていた。高山氏が何を考えているのか、十年余りも一緒にいて、女史にはいまだにわからなかった。かつての氏は超俗の人とか、滅私の人、仙人などという、無能力者なのか怠け者なのか無欲無私の人間なのか判断に苦しむ場合に使われる漠然とした言葉で、わけのわからぬ畏敬《いけい》に取り巻かれていた。それはただ、氏が現実的な人間ではなかったということ、つまりソントクに対する感覚が鈍いということのためであったと女史は思っている。世間の人間はその程度にしか人を見ないし、むしろ、その程度に見ておく方が万事に無難なのである。

「あの連中が見えるのは上《うわ》ッ面《つら》だけ。皮膚の上のニキビのアナだけ……」

女史は怒りをこめて呟《つぶや》いた。その怒りの中には、女史がその気の強さゆえに世間の憎まれ者になっていることへの痛憤もあったのである。

半年前の倒産によって、高山氏をとり巻いていた迷信は一切、雲散霧消した。今、氏はただのお人よしの無能者として案山子《かかし》のように人々の嘲罵《ちょうば》の中に立っていた。

「オレは高山を見そこなったよ。こんなみっともない倒産のしかたってあるかい。なぜもっとうまく、かしこいやり方で倒産出来なかったのかなア……」

高山氏の親しい友人がそういったとき、女史はその男を軽蔑した。〝うまい賢いやり方〟とはどういうことか？　〝仙人〟だからこそ無能なのだ。凡俗の徒だけが、倒産などという世俗の出来ごとの中で賢く立ちまわることが出来るのだ。

「高山はボンクラよ。ボンクラとうさんよ！　賢い男なんかじゃないわよ。そんなこと最初っからわかってるじゃないの……」

そういう女史の口調には、むしろ夫高山信三のボンクラを誇り擁護するかのような、昂然《こうぜん》たる調子がこもっていたのである。

女史はヤミクモに働いた。女史が働くのは攻め寄せる債権者に金を投げつけたいためだった。女史は憎んだ。罵《のの》った。女史は生きねばならず、そのためには女史には憎むことが必要だったのだ。

「下司下郎！　ドン百姓！」

それらの伝家の罵言《ばげん》の上に、女史は更に「タマなし男！」という罵倒を考え出した。高山氏の十年来の画友であり、会社の共同経営者でもあった岩国辰平が会社の落目に身をひるがえして別会社を作り、高山氏の債権者となって告訴して来たとき、女史はその取っておきの罵倒を使った。女史は岩国に電話をかけて、いきなりどなった。

「岩国さん、あなたは金のために人間が変ってしまう男だったの、そんな自分を恥かしいと思わないの、下司下郎！　ドン百姓！　ガニマタ！」

更に女史は叫んだ。

「フクロの中にタマ入ってる？　モミガラか何か入ってるんじゃない？　よく調べて

みてごらん！　タマなし男！」

女史は力まかせに電話を切り、息を弾《はず》ませながら、やはり電話というものは重宝なものだと思わぬわけには行かなかったのである。

ある朝、高山氏は外出の支度をしたまま、台所から金槌《かなづち》を持ち出して、表へ出て行って自分の表札を打ち砕《くだ》いた。表札はタイル製で石の門柱に埋め込まれているので、簡単に外《はず》すわけには行かなかったのだ。女史は台所に立ったままその音を聞いた。せっかちな金槌のひと打ちひと打ちを、骨を打ち砕く音のように聞いた。砕けた表札が石畳に飛び散る音も聞えた。それは女史には執拗すぎると思われたほど長い時間だった。やがて高山氏は台所へ金槌を置きに入って来た。

「今日は帰りますか？」

「わからん――」

それは二人の間で、毎朝くり返される言葉だった。実際、高山氏は「わからん」としかいいようのない生活の中にいたのだ。

「わからん――」そういって氏は彼らの家から出て行ったのだ。

それは気の早い鯉のぼりが、世田谷区の高台のその中流住宅街の青や赤の屋根の上にひるがえっている朝だった。その頃はまだ、高山女史の〝ボンクラとうさん〟は好評の中にあった。一週に一度、女史がレギュラー出演をしているテレビのマンガ教室の評判も悪くなかった。だがある日、週刊新泉の担当記者が来ていった。

「少しずつ、以前のような切れ味がなくなって来ましたね。ボンクラとうさんのボンクラぶりがマンネリ化して来た感じです。どうですかねえ、ここいらへんで、おイロケの方を少し入れたら……」

それから記者は女史の顔色を見、あつかい馴れた調子でわざと大袈裟《おおげさ》に慌ててみせた。

「いや、これは、その……参考までにちょっと申しただけで……硬派で鳴らしているダイ高山に向って申すべきことではありませんが……」

女史が気力の衰えを感じはじめたのはその頃からだ。いつか庭には夏が訪れて来ていて、誰も手入れをせぬままに、隣の子供が植えて行った日まわりが、雑草の中からニョッキリと一本、伸びていた。

ある朝、高山女史は午前七時というのに一人の男の訪問を受けた。男は金子といい、高山氏の会社の室内装飾の仕事をしたディザイナーで、会社の倒産のために受取った手形が不渡りとなったのである。彼はその手形を女高利貸しに割り引いてもらっていた。それが不渡りとなったために、高利貸しは彼の家財道具を差押えたのだ。

前夜は四時まで徹夜仕事をした高山女史は、睡眠不足の混沌《こんとん》とした頭でぼんやりと相手の顔を眺めていた。女史はその男とは初対面だが、既に電話では何回も話をしていた。

「奥さんにこんなことをいってもしようがないんですけれどね」

何度も電話をかけてくるうちに、それが彼の口癖となってしまっている。彼が気の弱そうな声でとぎれとぎれに窮状を訴えるその後ろで、「この詐欺師！」とか「泥棒ッ」などと叫ぶ女の聞えよがしな金切声をたびたび女史は聞いていた。そしてそのたびに女史は、もと水商売の女だったというその妻に、かえって妙な親近感のようなものを感じたものだった。

金子ディザイナーは数年前までは、東京でも指折りの大きなディスプレーの会社の宣伝課長だったことを女史は人の噂で知っていた。彼は人におだてられ、会社の金を使いこんで退社してからは、個人でディスプレーの仕事を請負《うけお》ったり、ディザインをしたりして細々と生活をしていたのだ。そこへ今回の不渡手形が彼を襲った。彼はくどくどと高山氏の悪口をいった。

「おかげでぼくの生活はどん底になりました。もうメチャメチャです。高山さんを信用したのがぼくの間違いだったとはいうものの……」

彼はねずみ色の合服を着て女史の前の椅子に腰かけていた。彼は痩《や》せ、首がツルのように細くて長く、疲れたいやな顔色をしていた。瞼《まぶた》の皮が薄く、出っぱった眼球の動きがよく見えた。悪口をひとしきり終えると彼は思いつめた調子で大きな疲れた目玉をいっぱいに見開いて女史に向けた。

「奥さん、お願いです。一万円だけでいいんです。何とかしていただけませんか。一万円を今日中に持って行けば、明日の競売は一ヵ月延期してもらえるんです。お願いします、奥さん、助けて下さいませんか、奥さん……」

彼のいっぱいに見開いた目の縁が赤くなったと思うと、突然、そこから涙が湧き出て、みるみる出っぱった眼球を蔽《おお》うのを女史は見た。

「お恥かしい話ですが、家財道具は女房のものばかりでして……そのため、女房がオニのようになっていまして……」

男が泣く！

一万円の金で泣く！

ああ、何ということだろう。それでも男か、日本男子か！　それでもお前は女を口説いたことがあるのだろう。女に惚れられたこともあるのだろう。……

女史は怒ろうとした。こうしたとき、いつも立ちあらわれて女史の危機を防ぐ、あの暴君ネロのような憤怒がやってくるのを待った。女史は待った。しかしそれはやって来なかった。男の薄くなった頭の中ほどに、ヒヨコのニコ毛のような柔らかそうなねずみ色の毛がポヤポヤと一面に生えているのを女史はぼんやりと眺めた。女史は自分が道真《みちざね》を虐《いじ》めている清麻呂《きよまろ》になったような気がした。男の坐っている長椅子のバネは壊れていて、丁度、彼の坐っているあたりは、壊れたバネがお尻を突き上げている筈だった。だが彼のお尻は何も感じていない。彼は泣いていた。一万円の金とオニ女房の間にはさまって、惨《みじ》めさにも屈辱にも鈍感になって、いや、鈍感にならざるをえなくなって軟体動物のようにうずくまっていた。

女史はふるい立とうとした。敵愾心《てきがいしん》をかきたてるために、——この毛ショボショボめ！　と心に叫んだ。しかし駄目だった。心にそう叫んだことで、女史はいっそう男が可哀想になった。彼はまるで〝生きること〟そのことの象徴のようにそこにいた。彼は悪魔か神の化身《けしん》で、女史に生きることのせつなさを教え、女史の自負心を粉砕するためにやって来たかのようだった。

「お帰りになっていただけませんか。私にはもうどうしようもないんです。いっぱいに借金を背負いこんで、一万円の金も自由にならないんです……」

女史はいった。しかしその声は思いがけなく哀訴《あいそ》の調子を帯びていた。男のポヤポヤと生えてるウブ毛の頭は女史の精神のバネを狂わせる。女史の中では今、崩壊せんとしているものがあった。女史はそれを感じた。それは女史の危機だった。女史はこの後も昂然と生きて行くために男を憎み、怒り、侮蔑しなければならないのだ。しかし女史は自分の中で力が衰えて行くのを感じた。怒りでも軽蔑でも同情でも処理出来ない、どうしようもないやりきれなさが、病のはじまりのように女史を蔽っていた。

女史は立ち上って部屋を出、裏口から下駄をつっかけて表へ出た。女史が債権者の前から逃げ出したのはこれがはじめてだった。外は明るく、気持のいい夏の光に溢《あふ》れていた。学校帰りの三人の男の子が向うからやって来た。その一人は女史の一人娘の純子と同級の少年であることに女史は気がついた。彼は連れの少年にいった。

「あのひと、〝ボンクラとうさん〟の高山高子だぞ。ぼく、あのひとの子供と並んでるんだ。毎日何かひとつは忘れモノをしてくるんだ」

女史はバス通りの公衆電話に入った。十円玉を入れ、うろ覚えの番号を廻した。

「もしもし、水原さん？」

女史はいった。電話の相手は女史のところに出入りしている婦人雑誌の担当記者である。

「水原さん、おねがい、助けてちょうだい——」

大学を出たばかりの若い記者は、いつにない女史の弱気な声に緊張して聞き返した。

「はッ？　何ですか？　どういうことでしょうか」

「朝から借金取りが居坐って帰らないの。すまないけど水原さん、もう十分ほどしたら家へ電話してくれない？　家政婦が電話に出るから、そうしたら原稿の催促をしてちょうだい。今日中に原稿をもらわないと雑誌が出ません、どうしてくれるかって、すごい見幕でどなってほしいの」

「はあ、そういえばいいんですか」

「そうすれば家政婦がびっくり仰天して、応接間へ来てさわぐから……うちの家政婦ってそういうタチなの」

「わかりました。では十分後にいたします」

「ごめんなさい。おねがいね」

女史は家へ帰って来た。応接間にもどると金子はさっきの姿勢のまま、長椅子の右端にうなだれていた。女史を見ると、彼はまた高山氏の悪口をはじめた。女史がいない間に、考えておいたとみえて、それは高山氏の性格の分析《ぶんせき》を主軸とした悪口だった。あるうしろめたさから女史はそれに賛成した。

救いの神のように電話が鳴った。間もなく応接間のドアが細目に開いて、猫のような片目が覗《のぞ》いた。

「おばさん、電話——」

そういったのは始終遊びに来ている隣家の十八になる娘である。女史はびっくりした。

「婦人何とかってところの、水沢さんから——」

水原を水沢と間違えている。女史はがっかりした。そしてこの娘を低能だと安藤さんがいっていたことを、思い出した。

「水原さんでしょう？　婦人ウィークリーの？　用件はなあに？」

女史は優しい声を出した。その優しさには女史の、一縷《いちる》の希望がこもっていた。しかし隣の娘はつっけんどんにいった。

「ちょっと、出て下さい」

「えっ？」

「電話に出て下さい」

「安藤さんはどうしてるの、安藤さんに用件をよく聞いてもらってちょうだい」

すると娘は怒ったようにいった。

「安藤さんは肉屋へ行きました」

絶望的に女史は立ち上った。応接間を出、受話器を取り上げた。力なく女史はいった。

「もし、もし、水原さん……」

「ハイ」

水原はかしこまって答えた。女史は何といっていいのかわからない。計画は失敗なのよ、というわけにも行かない。女史の声は金子の耳に届くだろう。仕方なく女史はいった。

「原稿ですか、ごめんなさい。まだ書けないの、今日は書けるかどうかわからないわ、借金取りが来てて帰らないのよ」

「はア」

水原はとまどったような、浮かぬ声を出した。それから気をとり直したようにいった。

「書けないんですか。困りましたねえ」

「ごめんなさい。仕事どころじゃないの、わかる？　借金取りなの、お金がないので、帰ってもらえないの。ごめんなさい。察してちょうだい。水原さん」

若い水原は一生懸命にいった。

「困りますなあ、いったいどうして下さるんです。借金取りの人に帰ってもらって下さいよ。こっちだって商売なんです。そんな人のために雑誌が出来ないなんてバカなこと、許せませんよ……」

いくら声をはり上げても水原の科白《せりふ》は応接間には届きはしないのだ。しかし、水原は女史の頼みを果そうとして、声をはげましていっていた。

「困りますなあ、実際、困る。どうしてくれるんです！　……」

水原は純真な青年だ。彼がハナの頭に汗をかいて、電話に向っている顔が見えるようだった。女史は感動した。女史の苦境を助けようと一生懸命に声を励ましている水原は、今の女史にはこの世でただ一人の味方のように思えたのである。

「金子さん、実は今、原稿の催促が……」

応接間へもどってそういいかけた女史の顔を、無表情に金子は見た。

「どうぞ遠慮なく仕事をして下さい。私はここにいさせていただきます。どうせ行く先がないんです。女房のそばよりもここにいる方がらくですから……」

そういう金子からは、いつのまにかさっきまでの哀れさは消え、じわじわと根が生えたような図々しい感じがその弱々しげな身体に漂っているのだった。


日曜日になると安藤さんはフェンシングの練習に出かけていった。

「運動不足だと肥って困るんです」

安藤さんはフェンシングへ行く理由を、そう説明した。

「肥ると目が小さくなるのでイヤなんです」

運動不足が困るのなら、庭の掃除ぐらいすればいいのだ。女史はそう思う。しかし女史は何もいわなかった。安藤さんの機嫌を損じると女史は仕事が出来なくなる。高山氏がいなくてもこの家は崩壊しないが、安藤さんがいなくなると柱が一本なくなったようになるにちがいない。

「パパの表札、どうしたの？」

純子がそう質問したとき、安藤さんは女史が呆気にとられるほど、ケロリといってのけた。

「パパの表札？　まあ、どうしたんでしょう。誰があんなことをしちゃったのかしら……ホントにあくどい悪戯《いたずら》をするわねえ……」

そんなとき、女史はやはり安藤さんを頼もしいと思わずにはいられない。ついに金子に一万円を渡してしまった時以来、女史は安藤さんに頭が上らなくなった。金子に渡した一万円は、十日目ごとに安藤さんに支払うべき月給の一部だったのだ。

「奥さまって、案外、ダメですね」安藤さんはさも軽蔑したように女史に向っていった。

「奥さんは、もし漫画が描けなくなったらどうするつもりです？　売れなくなったらどうなるか、明日にでも病気になったらどうするか、なぜそういうことを考えないのか私にはサッパリわかりませんねえ。人はみな、自分で自分の暮しを守るものなんでしょう？　自分で守らなかったら誰が守ってくれますか。あんな毛ショボショボになけなしの金を出すなんて、ホントにどうかしてるわ」

夏が深まるにつれ安藤さんはだんだんのさばって行くようだった。

「奥さんって、気が強い人だとばかり思ってたけど、案外、見かけ倒しなんですねえ」

そういって安藤さんは、これ見よとばかりに、折しも電話をかけて来た、何の罪もないもとの会社の社員をどなりつけた。

「社長？　社長はおられませんよ。いないったらいないわよ。うるさいわねッ……」

ガチャリと電話を切って、安藤さんは叫んだ。

「このダイ安藤がついている限り、もうムザムザとあの連中の餌食《えじき》にはさせませんよ！」

月に一度か二度、高山氏はひょっこりと姿を現した。それは女史がハチマキをして（女史は額に垂れる髪を嫌って、仕事中はいつもハチマキをしている）深夜、ひとり机に向っているときであったり、仕事に疲れはてて死んだように寝入っている夜明けだったりした。家へ帰らなくなってから、氏が少し肥ったように見えるのは、あるいは肥ったのではなくてむくんでいるせいかもしれないのである。氏はまるで毎日帰って来ている主人のように当り前の顔をして部屋へ入って来た。そしてあの頃と同じように、まるで何ごともこの家には起っていないかのように、

「ただいま」

といった。その顔を見ると、女史は急に元気づいた。腹を減らしていたライオンが餌食にとびつくように、女史はやにわに氏に向ってしゃべり出した。数日前に会った銀行の貸しつけ係が急に言葉つきまで変ってしまったこと、ハゲ頭に濡《ぬ》れ手拭《てぬぐ》いを乗

せ、心臓弁膜症だといって早退ばかりしていた経理部長の飯山の病気は仮病で、病院へ行くと称して就職口を探していたこと、営業部長の守山の下で働くのなら、会社をやめるとまでいった営業課長の臼井は、守山が新しく作った会社で働きはじめたという噂――女史はしゃべりまくった。まるで高山氏が銀行の貸しつけ係であり、飯山であり臼井であるかのようにまくしたてた。

「実際、あなたのまわりに集った人間って、どうしてあんなにクズばかりなの。ということはつまり、クズはクズ同士自然に寄るってことなの？ それともクズを作ったってことなの？」

深夜の電燈の下で、女史は書きかけの仕事をおっぽり出して生き生きと叫んだ。そうして女史は蘇《よみがえ》った。高山氏は憩いに家へ帰ってくるのではなく、女史を癒《いや》しに帰ってくるかのようだった。結婚以来ずっとそうであったように、氏はただ黙々と女史のいうことを聞いた。そうしてときどき、既に習性となった合の手を、なかば上の空で入れた。

「よし、よし。よし、よし。わかったよ」

夏は驚くほどの早さで過ぎた。梅雨が夏にくいこんで、暑さのくるのが遅かった上に台風が次々にやって来て、照りつける間がないままに、気がつくといつかもう秋が来ていた。安藤さんは突然、暇をとるといい出した。安藤さんは朝からトンカツを揚げて食べる癖がある。安藤さんは女史が食費を少し切り詰めてくれといったことが気に障《さわ》ったのだ。

「なにしろ家政婦はお高くつきますから」

安藤さんはよそ行きの声でいった。

「お暇をいただいた方がよろしいんじゃございませんかしら……」

女史は安藤さんを引き止める気力を失っていた。安藤さんの機嫌を損じたその理由の情けなさが、女史の気持を滅入らせた。安藤さんが出て行ったあと、高山家の家の広さが急に重苦しく女史をとりまいた。代りの家政婦はなかなかなかった。夏の間に伸び放題に伸びた庭の芝生は、いわし雲のひろがる空の下でまるで草原のように秋風になびいた。女史と純子は毎日、サンマばかり食べた。夕食の支度にはサンマが一番、手がかからないからだ。サンマの匂いが家じゅうに染みついて、深夜、仕事をしている女史のまわりに、突然サンマの匂いがたちこめていたりした。

階下は純子の学校友達の遊び場と化した。毎日、入れかわり立ちかわりに男の子や女の子がやって来て、我がもの顔に冷蔵庫や菓子棚を開けたり閉めたりした。純子は友達がくると、何か食べさせたり飲ませたりせずにはいられないのだ。女史が二階の仕事部屋から下りて来てみると、階下は泥棒でも入ったあとのように散らかってい て、その真中に見たこともない男の子がひとり、カリン糖の缶を腰かけにしてテレビを見ていたりした。

「おねがい、おばさんをもうこれ以上、怒らせないでちょうだい！」

女史は我が子もよその子も区別なしにどなりつけた。

「あんたたちに聞くけど、あんたたち、自分の家じゃ、こんなことしてないんでしょ。自分の家ではしないのに、よそへ来てするってのはどういうわけ？　え？　どういうわけ？　おばさんに納得の行くように説明してちょうだい！」

すると子供たちはそれには答えず、口々にいった。

「ここのおばさん、こわいねえ」

「すぐにどなるんだ。ブリキ屋のオヤジに似てるねえ」

「マンガ家のくせにケチだ！」

「マンガ家だってケチだわよ！」

女史は躍起になって叫んだ。

「あんたたちのお母さんだってケチでしょ。あんたたちのお母さんがケチなのはよくて、おばさんがケチなのはなぜいけないの！」

子供たちはぞろぞろ出て行き、純子がとり残される。純子の沈黙には女史への恨みと非難がこもっている。

「なんてことなの、え？　どういうこと！」

女史はかつて高山氏に向ってよくそういったように、ムキになって純子にいった。

「純子ってどうしてそんなにお人よしなの、みんなによってたかって、いいようにされて……本だってメダルだって、何だってあげちまう。今からそんな風じゃあ……」

するとと純子はいった。

「わかってる。パパみたいになるっていいたいんでしょう」

純子は女史を睨《にら》んだ。

「ママは何でも悪いことはパパ、いいことは自分に似てるっていうの」

二人きりの秋の夕餉《ゆうげ》は淋しかった。純子は女史に内緒で、テーブルの下に犬を入れていた。そしてそれをごま化すためにいった。

「ママ、富安クンが、ママのこと美人だね、だっていってたわよ」

「富安クンが？　……よろしい……」

女史は大声でいった。

「富安クンはなかなか見どころがありますね。あの子は出世します。よし、ママの弟子にしよう」

純子はつづけていった。

「富安クンね、ママのこと、尊敬してるんだって」

「えらい！　ますますえらい。気に入った！　明日富安クンを連れて来なさい。サンマをご馳走しよう。一四八十円のやつを……」

「富安クンたらね、こんなこといってるの、うちの組で一番のカネモチは高山さんの家だね、って……」

それから純子は首をすくめ、内緒話のように手を口のわきにあてていった。

「会社つぶれたこと知らないでさ」


漸《ようや》く新しい家政婦が来た。五十過ぎの無口な女で、おとなしい代りに頭が廻らなかった。家中を子供たちが走りまわっている真中に立って、ま新しいエプロンをかけてただニコニコ笑っている。彼女は子供たちに宇宙から来た怪物に想定されて、一斉射撃の的となっているのだった。

彼女が来てから、債権者と女史の仕事関係の電話が混乱した。彼女はいくら説明しても高山家の事情がのみこめないのだ。彼女は足音を立てずに歩き、ふと気がつくと仕事部屋の女史の後ろに立っていて、ぼそりと訪問者の名を告げた。ある日、彼女は女史の仕事部屋に現れていった。

「松山さんがみえました」

松山というのは前日に来た、ある少女雑誌の編集者である。女史が応接間に出てみると、松山とは似ても似つかぬツヤツヤと肥った色の白い小男が坐っていた。男は愛想よく挨拶をして、慇懃《いんぎん》にいった。

「実はまことに申し辛いのですが、私どもの方でも、高山さんがつかまらぬ以上、誠意がないものと見なしまして……その、最後の手段をとらせていただこうと思いまして……」

「最後の手段って？　どういうことでしょう」

「明日でもトラックを用意して、運び出させていただこうと思っていますが」

「運び出す？　何を？」

男は膨《ふく》らんだツヤツヤした顔に、苦笑とも憐《あわ》れみともつかぬ動きを現した。高山氏はその男が番頭をしている金貸しに、この家の家財道具一切を借金のカタに引き渡すという公正証書を渡しているのだった。

「こんなことは私どももしたくないんですよ、したくないがしないわけには行かない。こちらさんで誠意を示して下さらぬ以上……」

男は女史の表情を窺《うかが》い、女史が黙っているのを見て、だんだん声を大きくして行った。それから急に気を変えたように元の声にもどり、一週間以内に三十万円でも作ってくれれば、さし当って家財を引き上げることだけはしない、と再び慇懃にいった。

女史はもう驚きも心配もしなかった。たとえ今、高山氏が人殺しをしたと聞いても、女史は驚かなかったろう。女史はぼんやりと男を見て、五、六年前にコドモ雑誌に書いた「あわてプーさん」という豚に似ていると思った。電話が鳴っていた。やっと家政婦が出て、要領のえぬ調子で話している。ややしばらくして家政婦は音もなくのそりと現れた。

「山口という人からです」といった。

「山口さん？　どちらの山口さんでしょう」

「品物がやっと来たから届けるっていってます」

「品物って？　何の品物？」

家政婦はかねて女史が教えたとおりに、紙切に書きとめた用件を読み上げた。

「十二ピーエム型パドックス、殿方用ヤグラ、人妻用ハリガタ……」

「何ですって？　それ、なに？」

「ほかにおまけとしてリモコン、各一個……」

女史は部屋を出て電話に出た。

「失礼ですが何かのお間違いかと思います。うちでは最近、何も注文していません」

「奥さんですか。ご主人にお聞きになっておられませんか？　パドックスのこと」

「パドックス？　何ですか、それ」

「何ですか、って……困りましたなあ、ご主人は何もおっしゃってませんか？」

「主人はここんとこ家へもどってません」

「もどってない？　へんだなあ、三日前に催促の電話をもらいましてね。何しろアメリカ製だもんでなかなか手に入らなかったんですよ。殊にこのヤグラは、電動式になっていまして……」

「ヤグラ？　うちは炬燵《こたつ》は使いません」

「いやだなあ、奥さん、ヤグラというのはね。こういう場面を想像して下さい。広い野原がある。その一部に草むらがある。そこに火の見ヤグラが立ってる――どうです、その光景から連想するものがあるでしょう」

「何ですか、ハッキリいって下さいよ。うちは電話で連想ゲームなんかしてる場合じゃないんです」

「奥さん、ホントに何も聞いてないんですか。では申しますが、これはその、我々人間にとっての最高の幸福は性生活の充実にこそあるという考えから作られたものでして……」

男はセールスマン風のいかにもしゃべり慣れた抑揚で、流れるようにしゃべりはじめた。

「これはですね、奥さん、電動式になっていまして、スイッチが一から五までありま す。一、熱感、二、コシ、三、突き出し、四、無我、五、行く、とこういう順序でして……夫は妻の、妻は夫のためにスイッチの操作をしてやるというわけですが、特別サービスとしましてリモコンがついておりますから、旦那さまご出張の折、あるいは来客、あるいは途中でその、電話とか便所へ立たれたときなどに、即座にリモコンを使いますと大そう重宝なんでして、それに奥さま、この頃は大体、女の方が寿命がのびておりますので、こう申しちゃ何ですが未亡人になられた方が多い。未亡人になられてこの世の希望や幸福はもうなくなってしまったと思っておられる方、その方がこれをお買いになられますと、肉体の面ばかりでなく、精神の方も安定しまして、中にはこれを握って寝るだけで心丈夫というか、とにかく安眠出来るという人もおられるくらいで……」

「ちょっと待って下さい。あなたはそれをうちの主人が注文したとおっしゃるんですか」

「一月ほど前にご注文いただきまして、前金で頂戴してるものですから、お待ちかねと思いまして、早速明日、お届けいたします。つきましては、人妻用ハリ型の方のサイズと種類をお伺いしたいんですが」

「何ですって……」

男は女史の言葉にかぶせていった。

「ハリ型の種類は全部で三十六種ございます。まずA型は北ヨーロッパ型、日本名でいうと亀型といいます。B型南ヨーロッパ型、日本名毛虫型、これはご承知でしょうが、南ヨーロッパはスペイン、イタリーなどで知られている情熱の国々ですね。その情熱を象徴して全体に毛が生えております。勿論《もちろん》先だけは生えておりませんから、念のため。次はC型イギリス。馬型といいます。Dは東洋型で奥さま先刻ご承知の形ですから、わざわざお買いにならなくても旦那さまので十分というわけです。いいですか、奥さん、よく聞いていて下さいよ、あとで選んでいただくんですから。次はE型、黒人型、又の名イボツキ、いうならばまっ黒なイボ蛙《がえる》をご想像下されば……」

女史は少しずつ元気が出て来た。この数日女史の身体の奥深いところで、よどんでいた怒りの沈澱物が徐々に動きはじめた。

「次、インド人型、別名モクネジ型といいます。おしぼりのような格好をしておるんですが、私の妻などはこれが大そう気に入っておりまして、これがなかったら生きてる甲斐がないとまでいっています」

「へえ、じゃあ、あなたはモクネジハリ型より値うちの劣るご亭主というわけですか」

女史の怒りはおもむろに鳴動をはじめた。

「いや、それはもののたとえというものですよ。奥さんこのモクネジもいいですが、次のインデアンというのもまたなかなかでして……」

男はいった。

「奥さん、インデアンを知ってますか？　インドとインデアンとは違うんですが……」

「知ってますよ、それくらい。インデアンは西部劇でへんな声を出して頭に羽つけて走ってますよ」

怒りながら、女史はついまじめに返答した。

「ほう、よくご存知ですねえ。女の人には知らない人が多くてねえ。インドとインデアンは同じだと思っている」

男は楽しそうにいった。

「このインデアンがまたいいんですよ。サオ竹型といって、一センチおきに節《ふし》がある――」

女史は声をはり上げた。

「いい加減にして下さいよ。うちは倒産してモクネジだのイボツキだのといって喜んでる場合じゃないんですよ。第一、そんなお金がありませんよ」

「ちょ、ちょっと待って下さいよ。お宅は高山信三さんでしょう？」

「高山信三です。でも信三はいません。私たちは離婚してるんですから、そんなもの買って使い合ってなんかいられないんです」

「離婚！」

男はハタと手を打たんばかりにいった。

「わかった！　わかりましたよ！　それでご主人は注文されたんだ。これはリモコンつきですからね」

ついに女史の怒りは爆発した。女史の顔面は紅潮し、女史は応接間の借金取りのことも忘れた。家中に響きわたる例の高いよく通る声が、女史の蘇りを告げるようにほとばしり出た。

「バカにしないで下さい。いくら離婚したって、男の一匹や二匹、私は不自由しませんよッ……」

女史は力まかせに受話器を打ち下ろした。女史は勢いのよい大股で応接間にもどり、そこに立ちはだかったまま、興奮して叫んだ。

「ああ、もうごめんです。どいつもこいつもクサリはてた人間ばかり……何でも持って行って下さいよ。このテーブルもイスも時計も灰皿も……灰皿の中のスイガラもついでに持って行って頂戴……」

男はおどろいて椅子から立ち上った。

「何があったのかしりませんが、奥さん、まあ、そう興奮せずに、ゆっくり話せばわかることですから……」

「ゆっくりなんて必要ないわ。明日、トラック持って来て、きれいサッパリ持って行って下さい」

また電話がかかって来た。女史は廊下を走り家政婦を押しのけて受話器を取った。

「もしもし奥さんですか」

さっきの男の声だ。

「すみません。高山信三の信の字が違っていました。電話帳で調べたものですから……どうも相すみませんでした」

「だからいったでしょう。うちは倒産してそれどころじゃないんだって……あなた、倒産した人間がどんな生活をしているか、知ってますか、生きるか死ぬかでやってるんですよ。何がイボ蛙よ、失礼な……」

「ホントにすみませんでした。お取りこみのところを申しわけありませんでした。ぼくも、はじめから奥さんのこと、普通じゃないと思ってはいたんです。モクネジとかイボとかいうと、たいていのひとは笑うんですけどね。奥さんみたいに怒り出した人ははじめてでした」

男はいった。

「では失礼します。奥さん、どうか頑張って下さい。ホントに大へんでしょうがその勢いでやりぬいて下さい。ホントに奥さん、祈っていますよ」

「ありがとう、頑張りますよ」

女史はいった。ふいに女史の目に涙が湧いた。今まで気がつかなかったが、女史はもう長い間、他人からの激励の言葉など、聞いたことがなかったことに気がついたのであった。

# 敗残の春

# 1

夫の歯は上下全部で四本抜けていた。夫の経営していた会社が倒産する前に一本、あとの三本は倒産してから二ヵ月くらいの間に次々と抜けたものだった。それで彼が笑うと、その顔は今まで見たこともない可愛らしい顔になった。上の右の方、奥歯の手前で一本抜け、その隣の前寄りの歯は根を残して欠け取れていた。その歯はもともとサシ歯であったため、芯《しん》の細い釘《くぎ》が、欠け取れた歯のあとの暗いがらん洞に、壊れかけた家の天井から垂れた梁《はり》のように突き出ていた。

「また抜けたよ、ほら――」

歯が抜けるたびに夫はそういって、抜けた歯を私に示した。

「そう――」

私はそういい、夫がテーブルの上に置いた歯の方をわざと見まいとした。私はそのときの夫の顔に「これを見てくれよ」といわんばかりの、ある押しつけがましい表情が浮かんでいるのが業腹《ごうはら》だったのだ。

「なにさ、歯ぐらい――」

私はそういいたかった。二年の間に二億の赤字を出して倒産した男なのだ。歯の五本や六本抜けたところで今更らしく騒ぐことはない。

四本目の歯のとき、私は殆《ほとん》ど憤激をもってその汚ない疲れ果てた歯をつまみ、窓の外へほうった。すると窓の下に坐っていたハチがペロリとそれを食べてしまった。ハチはもと野良犬で、学校の帰りにふく子がどこからか連れて来た。朝も夜も茶の間の窓の下に坐っていて、食べものを投げてもらうのを待っているのだ。食べても食べても腹を空かせている犬で、それがいつも私を怒らせるのだった。

四本目の歯が抜けて以来、夫がものを食べるとき、残りの歯はカツカツ、カツカツ、と気ぜわしい音を立てた。その音がどこから、なぜ出てくるのか私にはわからなかった。多分四本の歯がなくなったせいなのだろうが、四本の歯が抜けるとなぜそんな音が出るのか。その音は食事のたびに私に骸骨《がいこつ》の歯がみ（実際にはそんな音を聞いたことはないのだが）を思い出させた。会社がつぶれて以来、肥ったのかむくんでいるのか、この数年、青白く削《そ》げていた夫の頰には肉がついて来ていた。その顔は健康そうに日焼けし、日によってはまるで行楽を楽しんで来た人のように鼻柱が生き生きと赤く光っているのだった。

だから私は、

「どうしてる、宮本は。元気かい」

と友人たちに聞かれると、

「元気よ。日焼けして、肥って、健康そのものに見えるわ」

と答えた。

「日焼け？　なんで日焼けなんかしてる」

「きっと毎日、街を歩いてるからじゃないかしら」

「街を歩いてる？　何をしてるんだ」

「債権者から逃げてるのよ」

相手は吹き出した。

「だから日焼けするのか。こいつはケッサクだ。倒産して健康になる！　全くあの男はどこまでケッサクな奴なんだろうなあ……」

そういって笑う友人と一緒に、私も笑った。

2

宮本達三のような人間に会社経営が出来るわけがない——夫が広告代理店の会社をはじめたとき、友人も親戚《しんせき》も口を揃えていった。夫の洋服を作っている洋服屋や床屋でさえ、そういった。夫は何をしても損をする男として知れ渡っていた。結局、達三は人に利用され、踏台にされるだけのことだろうと人々はいった。そういった者の中には、そういいつつ自らそれを実行した者が何人かいる。

「宮本さんは人がいいからねえ。実際、いい人だ」

そういって、彼らは夫を踏みつけて行った。

達三には、人間の持っている悪い部分をむき出しにさせ、助長させるような何かがあるのにちがいない。例えば彼が金を貸した男は、ふしぎに借りたことに対する感謝や恩義を忘れ、それを返さぬことを当り前のように思うのだ。だがその相手が特別に破廉恥《ハレンチ》な人間というわけではないのだろう。他の人とのつき合いの場合は、常識のルールを守っている男なのだろう。だが、いったん宮本達三と関係を持つと、人々は図々しくなってくる。宮本には何をしてもかまわぬという気持になってくる。あるとき、夫に変って行く。娯楽科学映画の、人間を変えてしまう煙を吸った者たちのようはふとやって来た見も知らぬ証券会社の若いセールスマンを座敷へ上げて話を聞いた。それがきっかけで夫は三年の間にそのセールスマンのために亡父から貰《もら》った遺産の殆どを失ってしまうことになった。セールスマンは一日に十回も電話をかけて、あれこれと目まぐるしく夫に株を買わせ、夫が旅行に出ると、その間にまるで自分のもののように無断《むだん》で株を売り買いした。夫が株をやめたとき（実質的にやめざるを得なくなったとき）セールスマンはけろりとしていった。

「こうなっては当分、雌伏《しふく》するんですな。そのうちにまた、いい時が来ますよ」

なぜか、彼は他の客に対するように、財産を傾けた夫に対して申しわけないことをしたとはいわないのだった。

「宮本のような人間は、友人の方で気をつけて、守ってやるようにしなくちゃいけないんだよ」

そういいながら酒を飲み、その勘定書《かんじようがき》を夫の方へ廻してくる男もいた。宮本達三には人々に我を忘れさせる何かがある。しかしそれが何なのか、今となっては私はそれを知ろうとも思わなかった。それを考え確かめたところで、今更情況がよくなるというわけでもないのだった。

毎日よい天気がつづき、春先の強風が街を吹いていた。家中の窓は一日じゅうガタガタと音を立て、汚れたその窓ガラスの向うに、薄黄色く映った空が寒そうに鈍く光っていた。夫は毎朝早く起きて家を出て行った。夫がどこへ行くのか、私は知らず、知りたいとも思わなかった。もしかしたら夫は、かつて金を貸した連中のところを一軒一軒訪ねて、貸したままになっている金を返してもらおうと頼んでまわっているのかもしれない。夫のことだから、まるで自分が理不尽《りふじん》なことでもいっているかのような、申しわけのなさそうな顔つきになって頼んでいるにちがいない。そして夫がそういう顔になるものだから、相手はいい気になって、まるで出す必要のない寄附金でも出さされるような気持になるのだろう。

「パパの会社、つぶれたのに、まだあるの？」

ふく子は夫に聞えぬよう、小声で私に聞いた。

「パパは毎日、どこへ行ってるの？」

ふく子のいう通り、夫の行くべき会社はもうないのだ。社員は四散《しさん》し、親戚は顔を背《そむ》け、友人はただ遠巻きにして詠嘆《えいたん》しているだけだった。夫を迎える場所はどこにもない。夫に会いたがっているのは会社の債権者と、夫に金を貸した友人だけである。彼らは夫を摑《つか》まえることが出来なくて、私のところへやって来た。

「宮本さんにはすっかり欺《だま》されましたよ。全くこんなひどい欺しかたをするとは思わなかったねえ……」

彼らはそういって必ず笑った。なぜ笑うのか？　彼らはいい合したように笑う。そしていう。

「こんなこと奥さんにいってもはじまらないんですがね」

はじまらないのならいわなければいいのだ。そしてまたきまってこういう。

「しかし、何とかしていただくわけには行きませんかなあ……」

――ああ、いつになったらあなたも人を欺すような人間になれるの？　欺されてばかりいないで、たまには欺しなさいよ――

私は今までに何度、夫に向ってそういったことだったろう。そして今、まさしく夫は人々を欺したのだ！　私は血相の変っている債権者たちの前でそれを認識した。夫は欺したのだ。返すといって金を借りた。支払うといって払わなかった——簡単明《めい》瞭《りよう》、一目瞭然《いちもくりようぜん》、夫は人々を欺したのだ。会社をはじめて以来、社長としての月給は最初の二、三ヵ月をのぞいては一度も取らず、交際費は持ち出しで月給日がくるたびに妻の収入を根こそぎ持って行き、あるだけの財産を投げ出し、夫婦喧嘩に明け暮れ、来る日も来る日も落さねばならぬ手形に追われて金繰《かなぐ》りに狂奔《きようほん》し、借りられる範囲をくまなく借り尽し、あたかも断末魔《だんまつま》の日本軍隊のように竹槍《たけやり》と鉄砲だけで戦い抜こうとし、味方に裏切られ見捨てられ、刀折れ矢尽きてひとり二億の負債を背負って破れた。

そうだ、破れたこと、それが欺したということなのだ。日本軍部が国民を欺したと同じように夫は人々を欺したのだ。

「途中で投げ出せば欺したことになる。そう思って俺は頑張った」

夫はポツリといった。だがその結果、夫はもっとひどく人々を欺すことになってしまったのだ。

「やっと人を欺したと思ったら、一番悧口《りこう》でない欺しかたをしたわけね」

私は怒りをこめて笑った。その笑いをふくんだ声は我ながらいやな静けさをもっていた。

冬から春までの間に、いったい何人の人間が電話をかけて来、何人が私を訪ねて来たかいうことが出来ない。債権者の名前など、もういちいち覚えてはいられなかった。ある男は居丈高《いたけだか》になり、ある男は小娘のように懇願《こんがん》した。誰もが私に金を出させようとして必死になっていた。朝の六時から夜の八時まで居坐った男もいる。紅茶にレモンが入っているのが贅沢《ぜいたく》だと怒った男もいる。鈍い慢性の痛みのような怒りを抱えて私は毎日を過した。その怒りは夫に対するものなのか、債権者に対するものなのか、私自身にもよくわからなかった。ある債権者は私がこんな大きな家に住んでいると厭味《いやみ》をいった。しかし私は好んで大きな家に住んでいるわけではない。この家は私の母と夫の共同名義になっているので、私は母のためにこの家を売るわけには行かないのだった。家はとっくに二重担保《たんぽ》にまで入っていた。私は来る債権者来る債権者にその説明をしなければならなかった。私は七十五歳の母の晩年を平和にするために月々二十五万円ずつの借金を銀行に返して行かなければならないのだと。私がそういうと相手はみな呆然《ぼうぜん》とした顔になった。どうせこの家を処分したところで彼らの手に入る金は一文もないのだ。私はそのほかにも背負った借金が総計して一千万近くある。私は追い討ちをかけるようにいった。それを返しおおすのに六年はかかるだろう——そう説明するとき、私は自分の声が次第に高まるのを止めることが出来なかった。

「なんで、そんなに嬉しそうにいうんです」

ある債権者が責めるようにいったことがある。そういわれて気がついたが、もしかしたら私はどんな債権者をも最後は黙らせてしまう〝切り札〟を持っていることが嬉しいのかもしれなかった。

応接間のソファはどれもスプリングが壊れていて、坐るとバネがお尻をつき上げた。壊れていない椅子が一つだけあるのだが、私はいつも誰よりも早くその椅子に腰をかけた。そうして血相を変えた債権者に、そんな椅子でもよかったらどうぞ持って行って下さいといった。そのときも多分私は、高い嬉しげな声で笑ったと思う。もう誰ひとり私からビタ一文とるわけには行かないのだ。私の貯金も貴金属も、絵も骨董《こっとう》も金になるものはこの家には何もない！　私の背負った二千四百万の借金！　今やそれが私の武器なのだ。

春が近づくと私の仕事は忙しくなった。この季節は各企業の社員教育の時期なのだ。乾いた風の吹く町を、私は髪をふり乱して講演に歩いた。私にはかつて何年か前に作家と呼ばれていた時代があった。しかし私は今はもう作家ではないのだった。何だか知らないが、テレビや雑誌や新聞でチョロチョロ名前を見かける得体《えたい》の知れない存在。昨日はラジオでインスタント食品撲滅論を唱え、今日は結婚をあせるハイミスへの助言をしゃべり、一昨日は新しく出来たサウナバスの推奨文《すいしょうぶん》を書くために横浜のサウナバスへ行き、女性週刊誌のインタビューで「不甲斐《ふがい》ない亭主にハッパをかける方法」をしゃべり、新刊書の提灯《ちょうちん》持ちをし、連続のテレビドラマのシノプシスを書く。手っとり早く、苦労なしに金になることならば私は何でも引き受けるのだ。

「これからお話をして下さる宮本勝世先生は皆さま既にご承知と思いますが、その痛烈な批評精神で世の男性をやっつけることで定評のある方であります」

社員教育の企画一切を引き受けている産業教育社の世話係はそういって私を紹介した。

「では男性評論家、宮本先生をご紹介いたします」

男性評論家！

その言葉は私をうちのめした。私はかつて家事評論家という名称を見て、手を打って笑ったことがある。

「この分で行くと今に愛慾評論家なんてのが出てくるわよ」

そのとき私はいったのだった。しかしその私といえども「男性評論家」という言葉は思いつかなかった。私は私の置かれている立場をはっきり認識した。宮本勝世は何ものなのか？　産業教育社の世話役は私の肩書きに困って、一生懸命にない知恵を絞ったのにちがいない。

まだセーラー服を着た者もいる高校の新卒業生たちは、膝の上にノートをひろげ、鉛筆を握りしめて生まじめな顔を私に向けていた。彼女らは笑うべき箇所に来ても決して笑わず、思い詰めたような表情でときどきコックリする。私には一切がすべて夢の中の出来ごとのように思われるときがあった。私が演壇に立って演説をしている！　何という驚くべき世の中だろう。

私は半ば恥かしく、半ば呆《あき》れ、そしてヤケになる。もし私がこの少女たちの中の一人ならば、必ずや演壇の上のこの中年女を、痛烈な表現で揶揄《やゆ》してまわりを笑わせているにきまっている。

「……現代では本当に価値のあることとは何であるかがもうわからなくなってしまっています。人間の値うちが今ほど上《うわ》ッ面《つら》の現象できめられる時代はありません。例えば私たち女にとっての名誉は、いかにすぐれた男にいかに深く愛されるかということにあるのです。ところが今はそうじゃない。すぐれた一人の男に深く愛されるよりも、浅くてもいい、多勢に好かれる方がいいという考えかたがある。それをモテるなどといって喜んでいる。今は何でも数でこい、という時代です。いくら多勢の男に惚れられても、一山百円の男じゃどうってことないんですよ……もっとも今は一山百円が多すぎるから、ことが理想通りには行きにくいでしょうがね……」

講演を終ると私はいつも逃げ足になって壇を下りた。あるとき、あまり急いで演卓の上にハンドバッグを忘れたことがある。それは〝女のたしなみ〟についての講演のときだった。

「先生、お忘れもの、お忘れもの……」

世話役の男がハンドバッグをつまんで、慌《あわ》てて追いかけてくるのを見て、はじめて聴衆はどっと笑った。

私は謝礼の入っている封筒を受けとるときの恥かしさにもいつまで経《た》っても馴れることが出来なかった。そのくせ私は講演を頼まれるたびに講演料を吊り上げた。

「男性評論家なんて肩書きを持っている女は日本広しといえども宮本勝世ひとりですよ。その稀少《きしょう》価値を考えてちょうだい」

その結果、開いた謝礼の袋から私が吊り上げた額の紙幣が出てくると、私は屈辱《くつじょく》でいっぱいになり、わけもなくその世話係を嫌うのだった。

3

ある朝、眠っていた夫は突然、ベッドをきしませて身を起すと、溜息を吐くように呟《つぶや》いた。

「ああ、いやな夢を見た」

丁度そのとき、私も夢を見て目が覚めたところだった。私の口の中には今、夢の中で食いちぎった蛇の肉の、嚙《か》んでも嚙んでも消化しない古ゴムのような感触が残っていた。私は洞窟《どうくつ》の中にいた。そこから外へ出ようとして気がつくと、洞窟の天井から無数の蛇が垂れ下り、足もとにも何匹か鎌首《かまくび》をもたげている蛇がいて、外へ出ようとする私をねらっているのだ。その蛇に咬《か》まれれば、忽《たちま》ち猛毒が全身にまわって死ぬのだ。しかし私は外へ出なければならない。私は強引《ごういん》に外へ出ようとし、天井から首を伸ばした蛇に腕を咬まれてしまった。

そのとき私の頭に蛇の血を啜《すす》れば体の中の毒は消えるということが浮かんだ。私は私を咬んだ蛇を摑み、いきなりその胴の真中を引きちぎって血を吸った。吸りながら私は考えた。血を啜れば毒は消えるという。肉を食えばその効目《ききめ》はもっと上がるかもしれない。ええい、食っちまえ。私は蛇の肉を齧《かじ》りとって咀嚼《そしやく》した。肉は嚙んでも嚙んでも嚙み切れない。粘土のような、クレヨンのようないやな匂いが口の中にひろがって、私の目は覚めたのである。

「すごいねえ、勝世が見る夢は」

夫は呆れたようにいった。夫はベッドのもたれに背中を預けて指に煙草をはさんだまま、なかなか自分の夢を話さなかった。

「鏡に俺の顔が写ってるのさ」

やっと夫はいった。

「その頭がまっ白なんだ。そして頬がへんにふくらんで、丸い顔になってるんだよ。俺の顔じゃないんだな」

夫はしばらく黙っていてからいった。

「それを見てぞーっとしたんだ。そして、ああ、こんなことしちゃいられない、こうしてはいられないって……そう思ってるんだ……」

私たちは黙った。考えてみると、それは数日ぶりで私たちが交す会話だった。夫はこの数ヵ月、十二時前に帰ったことは一度もなかった。日曜も祭日も同様だった。そして夫が帰って来たとき、私は夜叉《やしゃ》のように髪ふり乱し、机の前にアグラをかいて万年筆を握り、まるで肉塊《にっかい》にむしゃぶりついている様を見られた鬼婆のように、入って来た夫の方をきっとふり向くのだった。

私たちはもう何日も、夫婦らしい会話をかわしたことはなかった。朝、夫は私の眠っているうちに寝床を抜け出し手伝いの作った目玉焼を食べる。夫はもう何ヵ月も、毎朝目玉焼を食べつづけている。手伝いのミサは、誰かが命令しない限り、目玉焼を半熟卵《はんじゆく》に変えたり、イリ卵にしたりすることをしない。そして夫は目の前に出されたそれをおそらくまずいともうまいとも思わずに機械的に口に運ぶだけなのだった。私は夢うつつに、階下のふく子と夫の声を聞くことがある。言葉はわからないが、父親と子供のかわしているその朝の声は、なぜかもう二度と帰らぬ過ぎた日の思い出の感覚をともなって、半ば覚めている私の胸を締めつけるのだった。

いつか私たち夫婦は、私たちの家の名物とまでいわれた夫婦喧嘩をしなくなってい
た。といっても、私たちは互いに慰め合ったり励《はげ》ましたりしたことは一度もなかっ
た。私たちは顔を合せる僅《わず》かな時間に、まるで試合中の監督と選手のように、短い打ち合せをするだけだった。夫がどこで何をしているのか私は知らないように、夫の方も私がどんな生活をしているのか何ひとつ知らなかった。私は働き、夫はその金を持って行った。私たちはその一つのことで結ばれているといってもよかった。しかし私たちは助け合い、かばい、励まし合いながら戦火を逃れる避難民のように生きのびようとしているのではなく、広野に取り残された敗残《はいざん》の兵士のように、それぞれひとりぽっちで戦っていたのだ。

五月に入って間もないある雨の夜ふけ、電話のベルが鳴った。夜ふけに鳴る電話のベルは一つの表情を持っている。それはただごとならぬ表情というよりは、私にはむしろ私に向って放射される敵意そのものに思える。深夜の電話のベルがひときわけたたましいのは、その敵意が放つエネルギーなのにちがいない。

夫は深夜の電話には出るな、といった。だが私はベッドを飛び下り、階段を駈け下りる。この電話は私に新しい打撃を与えるにちがいない。そう思いながら私は受話器を取る。このとき私を押し進める力を私は何と名づければいいのかわからない。私は

私に向って迫ってくるものから逃げることが出来ない。それが苦難であるとわかれば尚のこと、私はそれに立ち向わずにはいられないのだ。

電話はもとの夫の会社にいた加山という若い運転手の妻からだった。彼女は慄《ふる》える声でいきなり、私の夫の悪口をいい出した。加山は会社の末期に金繰《かなぐ》りに狂奔していた夫を見かね、金の融通《ゆうずう》をしたのだ。その中には自分の親から借りて来た金もあり、また父親の保証で他所《よそ》から借りた金もある。会社の倒産のために加山はその金の返済《へんさい》に追われ、今夜も雨の中を出て行ったきり、まだ帰って来ない――。私の夫は加山夫婦の平和をメチャメチャにしたのだ。彼女ははっきりそういった。二十歳を二つ三つ過ぎた女とは思えぬ痛烈なその口調には、宵《よい》の口から今まで夫の帰りを待ちに待って、沸騰《ふっとう》点に達した妻の憤懣《ふんまん》がほとばしっていた。私の気持は滅入《めい》って行った。私は女がニガテだ。昔から女とつき合うと必ず反感を持たれ、嫌われた。それで女の前に出ると私は萎縮《いしゅく》し、一生懸命に取りつくろい自分を失って、いいたいこと、いや、儀礼上いわねばならぬことでさえ半分もいえなくなってしまうのだ。電話は終りそうになかった。彼女もまた〝欺された〟という言葉を使った。

「奥さん、いったい今は何時だとお思いですか！」

彼女は叫んだ。

「三時十四分です」

仕方なく私は答えた。ほかにいう言葉が見つからなかったからだ。すると彼女は私が答えたことのために更に激昂《げっこう》していた。

「三時十四分です、ですって！　よくもまあ、そんな……平気で……三時十四分ですだなんて……イケシャアシャアと……」

私は沈黙した。そうして今まで私の興奮の前で男たちが（夫も債権者もふくめて）ついに沈黙する気持がよくわかった。彼女は涙声でいった。

「いったい、宮本さんはどういうつもりなんですか。それを奥さんに伺いたいわ……」

彼女は夫のことを「宮本さん」と呼んだ。それが私の胸を刺した。加山と結婚する前、彼女は夫の会社の事務員で、正月の新年宴会には振袖《ふりそで》を着て手伝いに来たこともある。そんなとき彼女は私の夫のことを少し甘えた声で「社長」と呼び、いそいそと酒を注いで、少しもおかしくない夫の冗談に笑いこけている少女だったのだ。

「奥さんは何も知らないから平気なんでしょうけれど……」

彼女は金切声を上げた。

「もし知ったら、とてもそのままじゃいられないだろうと思うことが沢山あるんです」

仕方なく私はいった。

「どういうことでしょうか、いって下さい。遠慮なく……」

彼女は話しはじめた。その話の内容は私にはよくわからなかった。聞いたことのある名前や、聞いたこともない名前が幾つか出た。私は何度も質問し、彼女はくり返した。

「ちょっと待って下さい。さっきの沢田さんという人は、うちの営業部の沢田さんですか」

彼女はじれったそうに声を励ました。

「ちがいますよ。さっきからいってるじゃありませんか、沢田順次郎さんですよ。営業部の沢田さんは、もう一つの方の共映社の手形の件の方で……」

私は理解しようとしていなかった。聞いたところで同じなのだ。一時間余りもしゃべって、彼女はやっと電話を切る気になった。こういうときはことの解決ではなく、心の中にあるものを全部しゃべりつくすことが目的なのだ。私はそれを知っている。

「もうこうなったら、主人に洗いざらい、話してもらいます。そうすれば奥さんだって、そんな暢気《のんき》な声を出していられないでしょうから……」

彼女はそういって、その憤怒《ふんぬ》のほどを最後に知らせようとするように力まかせに電話を切った。

翌日の朝早く、加山はまだ夫が眠っているうちに電話をかけて来た。手伝いもまだ眠っている時間だった。加山はかつての私の気に入りの、気っぷのいい好青年だった。久しぶりに聞く彼の声は私にはなつかしかった。彼が運転手だった頃、私は加山にはずいぶんいいたいことをいった。加山は私の性質を呑みこんでいて、どんな我儘《わがまま》をいっても笑って許し、夫と一緒になって怒りん坊の私をからかったものだった。しかし今、加山の声は冷やかだった。私も冷やかにそれに応じた。彼はいった。

「女房は全部いえといいますが、ぼくは一つだけいいます。奥さんは何も知らないんです。いつか、青山という男に渡す四万円を奥さんから渡されましたね。あの金が青山に渡ってないことだって、ぼくのせいになってるけど、あれは宮本さんが競馬ですってしまったんです……」

それは予期しない方向から飛んで来た手裏剣《しゆりけん》だった。その一撃に私はとどめを刺されたのを感じた。私はうちのめされ、声も出ず、熱の出る前兆《ぜんちよう》のようないやな熱さが全身にひろがり、背骨から悪寒《おかん》がひろがって行くのを感じた。迫ってくる火の手から逃げるように私は電話を切った。とにかくそういう話を私は聞いている暇はない。いいたいことがあれば、宮本と直接話をしてくれ——辛うじて私はそういうようなことをいったと思う。

私は夫の眠っている部屋に入った。私はうす暗がりの中で眠っている夫を見た。彼はまるで見知らぬ人間のようにそこに横たわっていた。たとえば毛糸の腹巻にニッカボッカをはき、競輪新聞をひろげている男や、よれよれの背広に汗じんだワイシャツを着て、うつむいて札を数えている男たちのように。今すべての現実が私の前でどんでん返しをしたのだ。私が今までして来たこと一切は意味を失い、空漠《くうばく》の中に消えて行った。今まで私は何のために働き、一生懸命に夫の借金を返して来たのか。それは私は彼を信頼していたからだ。私ははっきりそう思った。私は私の夫を愛情というよりは、絶対の信頼で包んでいた。どんな逆境の中にあっても自分を失わずに切りぬける男、鋼鉄の意志を持った男だと思いきめていた。私は夫をお人よしだといって怒った。しかし私は怒りながら、その夫のお人よしに特殊の価値を置いていた。そんな夫の中にある不屈のやさしさといったものを信じていたのだ。

しかし今、すべてはひっくり返った。私の前に眠っている男は意志を喪失《そうしつ》し、現実の激動の中に自分を持《じ》することが出来ずに落ちるに任せた男だった。私はこの衝撃《しょうげき》を何といって夫に伝えよう！

しかし私の怒りは萎《な》えていた。私は不能者のように呆然とそこに立って夫を見るだけだった。疲れ果てた彼はまるで死人のように身動きもせず、何も知らず深い眠りの中に沈んでいた。

# 4

夫の顔は初夏に入ってますます日焼し、その日焼は顔ばかりでなく、手の甲にまでも及んでいた。私はその日焼を憎しみをこめて見た。

「あなたはわたしを裏切ったわね」

私はいった。が、その声は静かだった。近頃、私はこれほど静かな声でものをいったことはない。だがその静けさは、いわば交響曲の序奏のように、やがて訪れるテーマの大爆発を迎えるための静けさのようでもあった。

「あたしは我儘な女だけど、今度のことで……あなたのために一文なしになったことや、借金を背負ったことであなたを責めたことは一度もなかったと思うわ。あたしはあたしなりにこのピンチを切り抜けようとして来たわ。私のありぎりの力をふりしぼって、あなたを助けて来たつもりだわ」

私の声はまだ静かだった。私と夫は深夜の台所の食卓用テーブルに向き合って腰かけていた。昨夜と同じ雨音が私たちを包んでいた。

「ねえ、いってちょうだい。あなたはどういうつもりであいうことをしたのか。あたしの一番きらいなことを、この世で一番軽蔑することを、あなたはした。それを知ってていてした。知らないのではなく、知っていてした。それがあたしがあなたにしたことのお返しだったってわけ……」

私は返事を促《うなが》したが夫は黙っていた。彼の顔は最初からずっと、いつもと変らぬ無表情に蔽《おお》われていた。その無表情が少しずつ私を苛《いら》だたせはじめていくのを私は感じていた。私は夫を見据えた。夫は口を開いた。全く私の予期せぬことをいった。

「加山はどういうつもりで、そんなことをいったんだろう……」

夫の目がみるみる赤く潤《うる》んで行くのを私は見た。

「加山はどういうつもりでいったんだろう……」

夫はもう一度いった。それが私がしゃべっている間中、夫が考えていたことだったのだ。

「どういうつもりかですって！」

私は叫んだ。妻の心が決定的に夫から放れてしまおうとしているその瀬戸際に夫の頭を占めていたことはそのことだったのだ。私は絶望的な怒りを吐き出した。

「簡単なことじゃないの。加山は、あなたを憎んでるってことよ！」

夫の目尻がかすかに濡れているのを私は見た。加山は夫にとって最後の味方だったのだ。すべての人間が夫に愛想を尽かして逃げ腰になった中で、彼ひとりは最後の日まで夫を車に乗せて、金繰《かなぐ》りに走ったただ一人の味方だった。だが今加山はついに夫を裏切った。どんなことがあっても私にだけは知らせてはならないことを（それを誰よりもよく知っている加山が）私に知らせることによってブルータスのように夫を突き刺したのだ。

「わかった？　わかったでしょう？　これが人間なのよ。これが現実というものなのよ！　……」

私の声は勝ち誇ったように響いた。

「わかった？　やっとわかったでしょう？　わかったといってごらん」

私が黙ると、雨の音が急に私たちを包んだ。しばらくして夫はいった。

「加山は翌日までに金が必要だったんだ。あの四万円を俺が持っていることを知って、無理やりに持って行こうとした……俺は何とかして加山に金を渡したかったものだから……」

突然、火の玉が私の脳天を突き抜けた。私は言葉を失った。何か投げるものはないかと私はあたりを見まわした。貧乏になってしまった私の家では、投げるものもよく選ばなくてはならないのだ。

「あなたは……バカよ！」

私は叫んだ。殆ど絶叫ともいうべき声だった。激昂《げっこう》のために息が切れた。私は走り、調理台の上にあった肉饅頭《にくまんじゅう》を摑んで投げた。肉饅頭は五つあった。それは夫の背中や首筋に当って床に転がった。夫は何もいわなかった。その表情はいつものこういう場合と全く変らぬ無表情だった。その無表情は、私の怒りなど今の彼にはもう何の力も持たぬことを語っているかのようであった。

翌日、私はその肉饅頭を拾い、ゴミを払ってふかして食べた。丁度やって来た借金とりにもそれを食べさせた。借金とりは何も知らないで、

「奥さんは気前がいいね」

といって喜んで食べた。

今となっては私は債権者からではなく、夫から私の身を守らなければならなかった。私は夫を信用してはならなかった。返すべき金は夫に手渡すのではなく、直接、私の手から相手に渡さねばならない。半年も経《た》てばたいてい落ち着きますよ、と当初人々は励ましてくれたが、私の家に関してはそれも例外のようだった。私の家ではものごとが世間並に行なわれたためしがないのだ。普通なら半年経てば諦《あきら》める債権者が、私の家に限って諦めないのは夫が何か下手をしているためにちがいない。

「それに多分、奥さんのせいも半分くらいあるかもしれませんな」

とある人はいった。

「こんなときは女は泣かなくちゃいけませんよ。元気があってはいけない。大体、奥さんの声は大きすぎますよ」

そのとき私は、あんな有象無象《うぞうむぞう》の前でこの私が泣けますか、と答えた。

ある日、朝早く二人づれの男が私を訪ねて来た。まるでテレビのやくざドラマからぬけ出て来た二人組といった格好《かっこう》のノッポとチビだった。ノッポの方が若くて好男子で、チビは中年でダミ声を出した。彼らはある高利貸しの使いとして来たのだが、夫はその高利貸しから三月前に三百万の金を借りたというのだった。三月前といえば、勿論《もちろん》倒産後のことだ。

「倒産した人に、おまけに担保《たんぽ》なしで、普通なら貸せる場合じゃないですよ。だが、たっての頼みなので、いやとはいえずね。ただ親切心からお貸ししたんですよ」

ノッポは慇懃《いんぎん》にいった。

「ところでね、奥さん、こんなことをいっていいかどうかわからんですがね。実はこの金の保証人は奥さんが立っていなさるんです」

チビは貧乏ゆすりをしながらいった。

「保証人？　そんなものになった覚えはありませんよ」

「印鑑と印鑑証明が入ってるんでさ。宮本勝世先生の」

私をうちのめしにやってくるものは、今では他人ではなく夫だった。夫は返すあてもない高利の金を借りて、〝どうしても償いをせねばならぬ人〟へ少しずつ金を返したのだった。

〃どうしても償わねばならぬ人〃の中には私の大嫌いなガニマタの岩国がいた。岩国は私たちの古い文学仲間だったが、夫の会社の下請《したうけ》の仕事をやり、大口債権者の一人になっていた。岩国は夫の会社の倒産のあおりを喰って事業が危機に立ち到った、と夫を嚇《おど》かした。その危機を乗り越えるために金が要る。今債権の半分を返してくれれば、残りの債権は棚上げにしてやると彼はいった。夫が高利貸しから借りた金の大部分は岩国の会社を救うための金だったのだ。しかしその危機が過ぎると岩国は残りの債権を棚上げするのが惜しくなった。そうしてある日、岩国は残りの債権に対して突然夫を告訴して来た。

衝撃は次々にやって来た。よくもまあこれだけいろんな種類があるものだと感心するくらいだった。夫はある債権者を夫の味方だと信じてすすめられるままに家財道具一切を五十万の債権の担保に入れ、その公正証書を作った。そのとき夫は私に向って得意げにいった。

「こうしておけば他の債権者が家財を押えにやって来ても、この公正証書を見せればいっぺんに引っこむんだよ」

夫にいわせるとその債権者は夫に好意を持っていて、何かと力になってくれている男だというのだった。だがある日、その男から突然電話がかかって来た。そうして彼は二、三日うちに金を何とかしなければ、家財を押えるべくトラックを差し向けるといった。

　私は疲れた。私は夫に向って叫び、物を投げる情熱を失った。食事が終っても仕事部屋へ上らずに、いつまでも食堂のテーブルに向っていることが多くなった。私は庭でひとりで遊んでいるふく子を見て、わけもなく涙ぐんだ。ふく子は親戚からもらったお古の洋服を着ていた。その灰色のスカートは長すぎて、それを着ると彼女はへんに生真面目《きまじめ》な優等生風になるのだった。私はガラス越しに、こちらを見ているハチと顔を見合せた。近頃ハチは、へんにふてぶてしい表情で私を眺めるようになった。私は固くなった食パンをハチに投げたが、ハチは食べなかった。ハチはこの頃夜遊びをするようになったと手伝いがいった。私は知らなかったが、夜遊びをするようになってから、ハチはもう大食いでなくなっていたのだった。

## 5

　六月に入ると毎日、冷たい雨が降った。

　夫は家へ帰って来なくなった。夫はとうとう逃げるほかなくなったのだ。生きるためには逃げる以外に道はないのだった。しかし私は夫と一緒に夜逃げをするわけには行かない。私が夜逃げをすれば一切の収入の途が絶《た》える。

夫がいなくなっても、私の生活は変らなかった。相変らず昼も夜も働き、借金を返すのだ。私の銀行の口座に振込まれてくる収入は、月末になるとみごとに消え去った。銀行の係の者はいった。

「奥さん、少しは隠し金を作っておかないと、来年の税金のときに困りますよ」

そのときはそのときだ、と私は答えた。私はそのとき、多分、税務署の役人と喧嘩をするだろう。そして多分喧嘩をしながら結局借金をして、その金を投げつけるだろう。

私を見ていると憎らしくなる人々の気持は私にはよくわかっていた。ある日出入りの呉服屋がやって来て反物をすすめたので私はそれを買った。

「勘定《かんじよう》みたいなもん、いつでもよろしいがな。金みたいなもん、いりまへん——」

それがその番頭の口癖だった。勘定書が来たとき、私は番頭にいった。

「あんた、金みたいなものいりまへん、いうたやないの、いうたからにはいうた通りにしなさい……」

そんなとき、私はわざと大阪弁を使うのだった。

「だいたいやね、あんたとこの主人、呉服屋のくせにあの口髭《くちひげ》、あれが気に入らんわ。勘定がほしかったら、あの髭《は》、落して来なさい、そしたら払ろたげる」

私はまた健康保険の集金人とも喧嘩をした。夫の会社がなくなったために夫は国民健康保険に入らなければならないのだった。国民健康保険は当人の二年前の所得から計算される。それで夫には月々数千円の健康保険料を払わねばならぬ義務が生じた。その額は私たちの町では最高の額ということだった。私は集金人と喧嘩をしながら、金を投げ出した。また私は受け取りもしなかった夫の月給に対する所得税や区民税も怒りながら払った。

ある雨上りの午後、私は机に向っていて、突然、私の懐《ふところ》から出て行った金の量を思い、一瞬惜しいと思った。それは倒産以来はじめて私に訪れた感情だった。私は少しうろたえ、慌ててその感情を押しやろうとしながら、あの金があれば、こんな仕事をしなくてもすむ、とまだ考えていた。私は働くのがいやになっているのだった。私の気力は衰えて来ているのだ。それはもしかしたら、夫が私のそばにいないということのためかもしれなかった。夫がいないので、私は心ゆくまで怒りを投げつけることが出来ないのだった。イキの合った漫才師のように、私が怒りを発散させるためには、「そんなことをいうもんじゃないよ、勝世」という夫の合の手が必要だったのだろう。

ある日、私は仕事を通して知り合った週刊誌の婦人記者に会いに行った。私は夫と共通の知り合いである彼女のところへ、夫の悪口をいいに行ったのだ。私は喫茶店で三時間かけて夫のしたことの悪口を並べたてた。彼女は熱心にそれを聞いた。やっと私がしゃべり尽したとき、彼女はひとり言のようにいった。

「――可哀相ねえ、宮本さん……」

私は愕然《がくぜん》とした。私はふいに自分が涙ぐむのを感じた。それは夫への涙ではなく、彼女のやさしさのための涙だった。私が彼女に会いに行った目的は、もしかしたらその言葉を聞くことだったのかもしれない。

夫がいなくなっても相変らず債権者はやって来た。いや、夫を摑まえることが出来ないので、彼らはいっそう私に迫ってくるようになった。

「たいしたもんですねえ、借金背負った亭主を追い出して、自分はヌクヌクと贅沢しているなんて、普通の女にゃ出来ないこってすよ」

債権者の一人はそういった。それは四人の債権者が偶然一緒になったときのことだった。彼がそういうと、あとの三人も賛成した。彼らの一人は私がテレビで暢気そうに笑っていたのが怪《け》しからぬといい、別の一人はバカの一つ覚えのように道義的責任ということを口にした。彼らは多勢《たぜい》を頼んで芝居に出てくる〝その他多勢〟のようにさわいだ。

「これ以上、あたしにどうしろというんですか。あたしは一生懸命にやってるじゃありませんか。あなたたちに門前払いをくわせたり、逃げたりしたことは一度もないじゃありませんか。あたしは二千四百万の借金を背負ったんです。これ以上、あたしに何が出来るんですか。何をどうしろというのか、はっきりいって下さい。あなたたちはあたしが生きているのが怪しからんというんですか。あたしに首をくれというの？　それなら首をくくりますよ。いつだって見にいらっしゃい。お望みならヌードで首を吊ってあげるわ。木戸銭でも取って、せめてもの借金の足《た》しにすればいいでしょう」

私は叫んだ。そういうと突然、大粒の涙が頬を転げた。それは彼らも私自身も全く予期せぬ涙だった。男たちは息を呑むような感じで私の顔に目を釘づけにしていた。まるでそれが涙であることが信じられない顔つきだった。そしてそれが涙であることを認め、急に居心地《いごこち》悪そうに視線を逸《そ》らした。そのときはじめて彼らは私が女であることを認識し、その私に失望したように見えた。そして彼らは黙りこくって、葬式帰りの人のようにぞろぞろと帰って行った。

気がつくと、夏が来ていた。毎日雨が降りつづき、まだまだ夏は先だと思っていたのに、雨が上ると街に溢《あふ》れる光はもうすっかり夏なのだった。私は街で一人の男に声をかけられた。彼は三年ほど前に講演旅行で一緒になった間島という挿絵画家《さしえがか》だった。面長《おもなが》の黒い顔に大きな眼鏡をかけ、レンガ色の鹿皮のベレー帽をかぶっていた。

私は彼に誘われて喫茶店でコーヒーを飲んだ。

「勝世さんの今日の服、いいね」

彼は私を見ていった。彼の眼鏡の下の馬のような目を、いつかある若い婦人記者が「あの眼にしびれる」といっていたことがある。彼は私を宮本さんと呼ばずに勝世さんと呼んだ。彼は私より十以上も年下の筈《はず》だ。だが彼の言葉つきはいつも年上の男のように鷹揚《おうよう》で、女を甘やかすやさしさがある。そんな言葉つきの男と話をするのは、本当に久しぶりだった。

私たちはとりとめのない話をかわした。彼は私に軽く食事をしようかといった。私は朝から何も食べていないことに気がついて賛成した。私たちは近くのフランス料理店で食事をし、それから気まぐれに映画を見ることになった。私たちは映画館に入った。映画はわけのわからない、台詞《せりふ》の少ないフランス映画だった。口の大きな若い女が、彼女を愛している若い男をじらして虐《いじ》めていた。その男も女も私の気に入らないタイプだった。殊に男はとても細いしなやかな身体つきをし、私がよくいう〝ゴム長で踏んづけてやりたい〟ような男だった。

ふと私は気がついた。間島の右手の人さし指が私の手にかかっている。それは静かに尺とり虫のように私の手の上を動きやがて他の指もそれに加わってやさしくやさしく進みながら、次第に図々しくなり、いつか少し湿ったあたたかな掌が私の手の全体を包みこみながら、ジワジワと力をこめて、最後におもむろにぎゅっと握りしめた。

私はじっとしていた。全く私はそれどころじゃないのだ——私はそういいたかった。間島の手は私の手を包みこんだまま、そろりそろりと自分の方へ引き寄せて行く。私はまるでライターでも貸している人のように、私の左手を間島に貸していた。間島はそれを大事そうに撫《な》で、さすり、握り、それから手を裏返して手のひらの真中をこすった。彼は手のひらのそこから、私に火をつけようとしているのだ。画面では例の男が、笑いながら走っている数人の少女の後から、飼犬のようにムキになって走っていた。その少女の群の中に彼の愛している口の大きな少女がいて、彼女は走りながら子供のように息を切らせて笑っている。私は間島を変った男だと思った。そういえば講演旅行のとき、夜の十時頃、彼が私を散歩に誘ったことがあったのを思い出した。そのときの台詞は、

「月見草を見に行かない？」

だった。

私はこの世に、まだ私を女とみなす男がいることがふしぎだった。そのふしぎさが私を途方に暮れさせた。もう十年若ければ、私は遠慮なく彼の手をつねり上げただろう。だが今、私がそれをするのは滑稽《こっけい》だった。いや、私にはそれは不遜《ふそん》なことのようにさえ思える。それで私はじっと我慢した。

映画は終った。間島は手をはなし、私たちは外へ出た。いつか夜は更け、映画館から吐き出された人が散って行ったあとは、街の人通りは減っていた。間島は何か飲む

かと聞いた。私は「帰る」といった。間島は素直に私をタクシーのり場まで送って来た。そして間島は私の耳許《みみもと》で囁《ささや》いた。

「怒った？」

私は困った。怒ったもヘチマもない。私は二千万の借金を背負った四十五歳の女なのだ。亭主に肉マンジュウを投げつけ、それを客に食べさせたりしている女だ。私は何と答えればいいのか、途方に暮れた。しかし私は答えをしなければならなかった。私が黙っていれば彼は、私が怒ったのだと思うだろう。あるいは気取っていると思うかもしれない。仕方なく私は、

「なぜ？」

といった。その返事は間島を困らせたようだった。間島は迷うように立っていた。私は間島が気の毒だった。だがこの私に何が出来よう。タクシーが来た。私はそれに乗った。

タクシーの窓から見ると、彼の赤い皮の帽子は、ネオンの光を受けて光ったりかげったりしていた。

「さようなら――」

私は手をふった。そのとき帽子は赤々と輝いた。それはなぜか私にある悲しみを感じさせた。それは男が、いや、すべての人間がそうとは知らずに耐えている悲しみの

象徴《しょうちょう》のように私には思えた。私は親しみをこめて笑顔を作った。そしてこの夜の暗がりの中では、私の笑顔はまだ魅力的に見えるかもしれないと思った。

# 佐倉夫人の憂愁

# 1

かねてから佐倉夫人は、自分の子供は剛健果敢な人間に育て上げたいと願っていた。夫人は戦争中にその成長期を過したせいか、あるいは頑固校長で有名だった中学校長を父に持ったためか、およそ柔順なこと優美なことが嫌いである。勇ましいこと、剛毅なこと、克己《こっき》的なことが好きなのだ。一口にいって佐倉夫人は保守派なのである。

戦争に負けてからというもの、我が国は何でもかでも暴力否定の一本槍となって、電車の中に不届きな人間がいても眠ったふりをしたり、広げた新聞を見つめたりしていることが、君子《くんし》のとるべき途であるかのようになって来た。かねてから夫人はこういった風潮を心より憂えている人なのである。暴力否定の否定運動を起そう、と夫人は毎夕新聞に投稿して没になった。この数年来夫人は投稿夫人として投稿家仲間では少し名の知られた存在になっているのだった。

佐倉夫人には五歳になる女の子がいる。一人娘で名をモモ子という。近くの幼稚園へ通っているが、来年は小学校だというのに、まだ先生と話が出来ない。チリ紙を忘れたために、お遊戯の最中にウンコをしに家へ走って帰ってくるという娘なので、夫人の心配はひと通りではない。モモ子は木ノ股クンという幼稚園一番の悪童に毎日、泣かされて帰ってくるのである。

「木ノ股クンが殴ったら殴り返してやればいいのよ。蹴ったら蹴り返す、ひっかいたらひっかき返す……いいこと？　明日の朝は、木ノ股君が上靴をはくときに、後から行ってお尻を蹴ってやりなさい。つんのめったところをもうひとけり、ぱったり倒れた上へ馬乗りになって、ポカポカと……」

「だってだって女の子がそんな乱暴したら、お転婆だっていわれるもん……」

「お転婆くらいいわれてもいいんです。人から何とかいわれることを気にしててはとても偉い人間にはなれないわよ。おテンバ結構。お母さんもそうでした……」

モモ子は幼稚園で「ならぬカンニンするがカンニン」という難かしい話を習って来た。

「昔、カンシンという感心な男のひとがいたのよ」

とモモ子は韓信《かんしん》の股くぐりの話を一生懸命にする。モモ子の通っている幼稚園では六十七歳になる白ヒゲの園長が、平和日本の将来を担う子供らのために、平和人間の基礎教育を心がけているのだ。

「韓信の話が教訓になったのは、人間にもっと覇気《はき》のあった時代の話よ。今じゃ日本人はオール韓信じゃないの、毎日股くぐりしてるわよ」

と次第に夫人の鋭鋒《えいほう》は夫に向うのである。

佐倉夫人の夫は、佐倉哲《てつ》という抽象画の画家である。

「ご主人は？」

「絵をやってますの」

「ほう、どんな絵を？」

「抽象ですの」

「はーん、あの抽象ね……」

夫人は人と夫の絵についての会話を交すのがあまり好きではない。抽象画と聞いたときの相手の顔に浮かぶある表情。「はーん、あの抽象画ね」の「はーん」の抑揚。夫人はその中にさまざまのニュアンスを読みとるのだ。「それじゃあ、売れんでしょうなあ」とか、「ああ、あのわけのわからんもの」とか、「じゃあ、奥さんも何かと大へんですね」とか……。夫人の自尊心は甚だ傷つけられる。なにも自分が描いている絵ではないのだから、自尊心を傷つけられる必要はなさそうなものだが、そこが妻心というものなのであろう。しかし、それよりももっと夫人がいやなことは、夫の絵を見た客から、

「これは何を描いてあるんですか」

と質問されることだ。そんなとき哲氏は平然として、

「うどんです」とか「そーめんですよ」と答えてすましているが、夫人にはそういう無責任な返答はとても出来ない。夫人は何ごとも明快が好きである。「うどんです」の答が、相手に明快な納得を与えないことはわかりきっているのに、それだけいってすましていることは夫人には出来ないのである。

夫人と結婚した頃、哲氏は目の四つある女を盛んに描いていた。その女の目は四つになり六つになり、多いときで十二を数えたことがある。目が七つになったとき、夫人は哲氏に向ってパレットを投げつけた。だがその結果、目玉は一挙に十二に増えたのである。

目玉の増殖がやむと、今度は鼻だった。それから手になり足になり、やがてウズマキパンだのカナクギ、大腸、胃袋のたぐいになった。それらの経路を経てうどんに至るまでに、実に十五年の歳月が費されているのである。

夫人がモモ子を産んだのは、結婚して十年目である。夫人は既に三十代の後半を過ぎていた。十年の間、夫人は夫の画業を助けるために子供を産むまいとして来たのだった。夫人はピアニストとして立ちたいという夢を捨てて、借金をして小さな家を建て、子供相手の町のピアノ教師となって夫の代わりに生活費を稼いで来たのだ。だがある日、彼女は愕然《がくぜん》とした。それは夫人の最初の教え子が結婚して、赤ン坊を抱いて遊びに来たときだった。その教え子は子供の頃、斜視を気にして、いつもうつむいているチビの女の子だったのに、別人のように初々しい若い母親になっている。佐倉夫婦の生活は、十年の間に少しの変化も進歩もないことに夫人ははじめて気がついたのだった。変化したのは目玉がうどんになったことだけなのである。

「子供を産むわ。独創を盛りこんだわたしの作品を作るわ。誰が何といおうと、絶対よ、絶対作るわ！」

ある夜夫人はそう叫び、哲氏に迫って妊娠した。夫人の明快さはそういうところにもよく現れている。

2

モモ子が幼稚園へ通い出すようになった春、佐倉夫人は二階の六畳に下宿人を置く決心をした。子供を産んでから、夫人はピアノ教師をやめ、その代り哲氏が子供相手の画塾を開いていたが、その生徒は年々減る一方だったのである。おそらく哲氏の描く絵が、子供に混乱を与えるためなのだろう。そこで夫人は下宿人を探した。すると、知り合いの大学講師のところからこれならば佐倉夫人のメガネにかなうこと間違いなし、という推薦状を持った学生がやってきた。名は西郷大一郎、鹿児島に家があり、家業は酒屋兼雑貨屋で相当に裕福な家庭である。T大法科三年の秀才で、人格円満、品行思想ともに堅実そのものであるという。

話は忽《たちま》ちきまり、四月末のある日、西郷君は鹿児島のサツマアゲを土産に持ってやって来た。穏やかに目尻の垂れた目、丸顔ではないが、やさしく丸みをおびている角《かど》丸《まる》の顔、背は高いが女のような撫で肩をし、始終目を細めてにこにこしている。夫人が若い頃の秀才といえば、大てい眼鏡をかけ、色青ぐろくザラザラし、顎《あご》は角ばり目は不機嫌につり上っていたものだ。日本の男子の顔がだんだんすべすべしてなだらかになって行くと同時に、目尻が下って来たのは戦後の傾向である。例えば明治天皇、西郷隆盛のような力のある顔、浅沼稲次郎、または菊池寛のような面白い顔は今では見たくても見られなくなってしまった。

西郷君は赤いセーターを着、引越荷物を運びながら、玄関脇にある沈丁花《じんちょうげ》の花をチョイと折り取ってセーターの胸にさした。それから縁側に立っている佐倉夫人の方を見てにっこりし、

「すてきなセーターの色ですね。奥さん、ザクロの花のようだな」

といって通り過ぎて行った。

「おどろいたわねえ、あれが薩摩ハヤトなの？　あれが秀才なの？　あんな男がなぜわたしの眼鏡にかなうのよ！」

佐倉夫人は早速アトリエにかけ込んで、夫に向っていった。

「ああ、驚いた、驚いた。わたしのこと、ザクロの花のようですってさ。お世辞もほどほどにしていただきたいわ。ザクロの実のようとでもいうんなら、まだしも正直だけど……」

佐倉夫人は己れに対して、常に客観性を持つことを心掛けているし、またそういう自分に自負を持ってもいるのだ。佐倉夫人は西郷君を、「女向きの人間」ときめつけた。

「なるほど、下宿のおかみさんに気に入られるような男だわ。だけどこのわたしを、ナミのおかみさんと思ってもらっちゃ、ちょっとアテ外《はず》れよ……」

とはいうものの、西郷君は下宿人としては一応申し分のない青年だった。下宿代は遅れたことなく、帰宅時間が乱れたこともない。食事は何でもうまいうまいといいながら食べるし、皿拭きなどを手伝うこともある。無精髭《ぶしょうひげ》を伸ばしていたこともなく、部屋は毎日掃除し、女友達がやって来たこともない。

西郷君はモモ子と仲よしになった。今まで誰とも口を利いたことのないモモ子が、西郷君とだけは親友になったのだ。二人は一緒にテレビを見、「お絵かき」をし、（大体、佐倉夫人はこの「お絵かき」という言葉が大嫌いである。なんで絵を描くことに、「お」をつけねばならぬのか。しかしそれはモモ子が幼稚園で教わってきた言葉であり、モモ子は幼稚園の先生をこの世で一番偉い人だと思っているのである）幼稚園ごっこをした。

「では先生が歌いますからね、西郷クン、つづけて下さい。わかりましたか」

「ハイ、わかりました、先生」

「では歌いますよ。

オバケーのキュッキュッ　ハイ」

「オバケーのキュッキュッ　ハイ」

「そうじゃないの、あなたは生徒だからハイはいらないの、ハイっていうのは先生よ、間違えないで下さい。ではハイ、
ぼーくはオバケのキュータロオ……

頭のてっぺんに毛が三ぼん」

「頭のてっぺんに毛が三ぼん……」

佐倉夫人は西郷君のすべてが気に入らなかった。まずその角丸《かどまる》のすべすべした顔、笑ってなくてもにこにこしている目、如才ない挨拶《あいさつ》、洗濯物をとり入れたり、戸閉りに気を配ったりする気の利かせ方――

「あれでいいんですかねえ、下宿先の女房に気に入られることなんか考えていて、どうして将来、日本の国を背負っていけるんですか。この頃の学校の教師はいったい何をしているんです。母親、父親はどう考えているんですか。大の男が色パンツはいて

……ああ、日本はほろびるわ、ほろびますとも……！」

夫人は興奮するとどういうわけかよそ行きの言葉になる。だから夫人がよそ行きの言葉を使ってアトリエへ入ってくると、哲氏は警戒態勢に入るのである。夫人の言葉が「……なの」から「なんですよ！」に変化したとき、哲氏は沈黙していてもいけないし、まっとうに自分の意見を陳述してもいけない。つかず離れずのところで関心ありげに何やら呟《つぶや》いておくのがコツなのだ。そこで彼はおもむろに絵の具をしぼり出し、

「色パンツねえ、なるほど」

と呟いた。哲氏は何よりも平和を愛する人である。その青春時代を戦場へかり出され、古年兵や上官や地雷や火焰《かえん》放射器や空襲や、あらゆる理窟とは関係のない世界で何年かを生き、やっと戦争が終ると今度は敗戦の混乱の中で、飢えや寒さや雨や風に耐えに耐え、その結果、何ごとも平和、平和と思うことが第一で、平和を得るためにはいかなる苦痛も耐え忍ぶ習性が出来上っていたのであろう。

「ああ、お父さんが生きてたら、どんなに嘆くことか！　男が色パンツはくなんて……お父さんはよくいってました。今の男はふんどしをしめないからだんだんダメになって行くって……」

「ふんどしか！　なるほど、ふんどしは愉快だな」

と哲氏。何が愉快なのか自分でもわからずにいっている。

しかしながら西郷君が来てから、佐倉夫人の生活が活気を帯びたことは否むべくもなかった。佐倉夫人は西郷君の何もかもが気に入らなかったけれども、気に入らないというそのことによって、エネルギーが燃焼したのである。女性の中には、泣いたり心配したりすることによって生活を充実させる人、人の世話をしたり噂話をして元気の出る人、恋をしたり、夢みたりしてエネルギーの燃焼する人など、色々あるが、佐倉夫人は憤慨することによってエネルギーが燃え上るタチなのである。そこで一見、佐倉夫人と西郷君は気が合っているかのように見えた。西郷君自身もそう思いこんでいた。夫人はしばしば西郷君を説教し、西郷君は熱心にそれに耳を傾けた。それは例えば勇気の話であり正義の話であり信念の話である。四十七士はなぜ偉いか、彼らが偉いのは仇討ちを全うしたそのことにあるのではない。正しさのために自分の人生を犠牲にしたその勇気である。自分の中のもろもろの慾望と戦い勝った、その克己の力である――

「そうかな」

と西郷君は女の子のように頸《くび》を傾けた。

「でもね、彼らはこんなことを考えてはいなかったかしら……仇討ちをしたら、その手柄でいいところに仕官出来るだろうとか、褒美が出やしないかとか……まさか切腹させられるとは思わなかったんじゃないかな」

そして西郷君は今度は反対側に頸を傾け、

「無智ってものは人間を一徹にしますよね。ぼく、そう思うんだけど……だから四十七士のしたことは、果して勇気や正義と関係があるかどうか……第一ね、ぼくは浅野内匠頭という人はダメな君主だと思うんです。ちょっとワイロをやっとけばそれですんだことじゃないですか。自分のつまらん感情のために家来の生活を根こそぎにするなんて、とんでもない君主じゃありませんか、ぼくはそう思うな」

「ああ、モモ子が男だったらねえ！」

西郷君との議論のあと、夫人が呟く言葉はいつもこれだった。

そうすれば日本の堕落を救う理想の日本男子に育て上げ、あの不甲斐ないアメリカの落し子に見せつけてやることが出来たのだ。

夫人は前々から男の子がほしかったのである。丸い大きな頭をした、ヘソのたっぷりした男の子を産みたかったのだ。名前は弁慶太にしようと考えていた。五歳になったら剣道を習わせ、寒稽古に通わせる。冬でも靴下をはかず、弁当は日の丸弁当を持って学校へ通う。夫人は小学校の給食風景というものが嫌いである。新聞などで写真を見るたびに思うのだが、スープの入っている金の器を大事そうに前に置いて、揃ってパンを齧《かじ》っている風景は、捕虜の食事風景を連想する。あんな弁当を食べている子供が偉くなるわけはない、と夫人は思うのである。

「モモ子、あんた、しっかりして下さいよ。もう男になんかまかせておけない世の中になってるんですから……」

夫人はモモ子の教育に一生懸命に心を砕いた。しかし、モモ子は夫人の作った弁当をいつも残すので、遂に先生から手紙が来た。

「いろいろとご都合はおありと思いますが、もう少し色どりよいお弁当を作って下されば、モモ子ちゃんも喜んで召し上るのではないかと思います」

夫人は現代の児童の教育法に根本的な欠陥を見出すべきである、という原稿を東都夕刊に投稿して幼稚園の先生と対立した。

3

「くださいな」

「ハイ、いらっしゃい、何にしますか」

「おダンゴ五つくださいな」

「キナコがいいですか、ゴマ入りですか」

「キナコとゴマ入り、まぜて下さい」

　夏のはじめの雨上りの日曜日である。西郷君とモモ子は朝からもう二時間近くも庭隅の泥をこねてはダンゴを作り、縁の下の砂をふりかけては板切の上に並べている。西郷君の角丸《かどまる》の顔はしんそこ楽しそうに輝き、笑みをたたえて歌うようにいっている。

「じゃあね、モモ子ちゃん、いいかい、今度はお柏餅にするよ、ほうら、葉ッパでこうやるんだ、おいしそうだろう？」

　佐倉夫人は居間の窓越しにそんな西郷君をつくづく眺める。これが本当に秀才なのか？　ニセ学生ではないのか？　夫人は窓越しに西郷君に向って声をかけた。

「西郷さん、折角の日曜日にモモ子のお相手じゃ気の毒ね」

「いや、そんなことありませんよ。結構、ぼくも楽しんでるんですから」

「ガールフレンドでも連れて来ればいいのに。うちはそんなことうるさくいわないわよ」

「ガールフレンド？　いませんよ、そんなもの……」

「隠さなくてもいいわよ。外でデイトしたらお金がかかるわ」

「でも、いないんです。うっかりそんなもの作れないんです」

「あら、ま、どうして」

　夫人は窓から身を乗り出した。

「ぼくらT大生は一応、成長株ってことになってるんです。だから女の子には用心しないと、うっかりしてるととっつかまって離れない……」

「じゃあ、西郷さんは恋愛したことないの？」

「君子危うきに近よらずです。将来の設計はあらゆる角度から慎重にやらなくちゃ」

「じゃあ女を見て、身体が熱くなるような、ムズムズするような、クラクラするような、そんな気持になったことないの？」

「つまり性慾の問題ですね」

西郷君は明快にいった。

「そりゃあります、ぼくだって若いですから」

そういってサラサラとダンゴに砂をふりかける。

「とにかく我慢あるのみです。下手して一生を誤ってはつまりません」

「じゃ、赤線があったら、利用したいと思う？」

「そりゃ思います。赤線には歴史から生れた合理性があります。全くぼくらは不幸ですよ。その点昔の男はよかったなあ。色んな配慮の必要がなかったですからね」

「あなただって配慮なんかしなければいいじゃないの、その点では本当に自由な世の中よ」

「ところがそうは行かないんですよ。自由があるようで本当の自由はない……」

「そりゃあ、あなた達が小心翼々としているからじゃないの」

「ああわからないんだなあ。今の世の中にはね、奥さんの年ではもうわからないことが沢山あるんですよ」

これが現代秀才気質というものなのだ、その夜、佐倉夫人は投稿メモにこう書いた。

「あらゆることが将来の安定、保身、ちっぽけな平和にかかっている。恋さえも、性慾もそれに左右されている。合理的――それのみが彼らのただ一つの信じていることである。嗚呼《ああ》！　現代秀才にわざわいあれ！」

大学の暑中休暇で、西郷君が郷里へ帰省したのはそれから間もなくである。夏の間、佐倉夫人は少し気のぬけたような気持で暮した。モモ子に遊び相手がいなくなったように、夫人には憤慨のタネをくれる相手がいなくなったのだ。佐倉夫人が文句をつけたり、憤慨したりすることによって、エネルギーが燃焼するタチであることは前にも述べた。しかし文句をつけたり怒ったりするには、現今の佐倉氏はあまりにも悲哀に満ちているのである。

哲氏の絵は夏の間に、うどんからさなだ虫に変化しつつあった。秋の個展を目ざして、哲氏は一生懸命だった。風の通らぬアトリエで、ステテコひとつでキャンバスに向っている。汗止に米屋の手拭いで鉢巻をし、耳に吸いさしのタバコをはさみ、出っぱった下腹が冷えぬよう毛糸の腹巻をしている。

――これが現実生活の幸福に見向きもしないで、理想を追った男の姿なんだわ――

佐倉夫人は思う。かつてキャンバスに向っているときの彼は、ドラゴンに向う騎士のようだった。だが今の彼から思い浮かべるものは、今日の天気を眺めるカキ氷屋のオッサンだ。こと画に関する限り、夫は何ひとつ妥協をせずに通して来た。それが哲氏の背景だった。売れる絵を描こうとはせず、たとえ売れなくても、画家としての誇を捨てたことはなかった。しかし、理想に向ってひたすら進んで来た夫の姿の、今となってはあまりにも雄々しくなさすぎることよ。未来に向って燃えつづける理想の火は、夫の髪をいつまでも黒く、その目に若さを輝かせてもよさそうなものではないか。頸の肉がたるみ、頭はフケに蝕《むしば》まれて遂に禿げ上って来た夫。

佐倉夫人の胸に悲哀がこみ上げ、やがてそれは、何ものとも知れぬ目に見えぬものへの怒りに変る。妻や子や世俗のたのしみのために過した二十年も、理想への途を歩んだ二十年も、同じように人間を衰えさせるということ、そんなことがあっていいものだろうか！

佐倉夫人は憤慨した。何ものとも知れぬものに憎しみを抱いた。しかしその怒りは、ただ惨《みじ》めで滑稽《こっけい》なだけである。佐倉夫人にはそのことがわかっていた。そしてそのことがいっそう、彼女の怒りを燃え上らせたのであった。

西郷君から暑中見舞が来たのは、夫人が鬱々として過しているそんなときだった。

「暑中お見舞申し上げます。

哲先生、奥さま、モモ子嬢、お元気と思います。ぼくも元気といいたいのですが、田舎の生活はどうもいけません。まぎらせるものがなくて、よけいいけません。煩悩《ぼんのう》の犬去りやらず、お化け大会でお化けになって、せめて人をおどかしてまぎらしています」

「ま、なんておバカさんでしょ」

夫人はその葉書を読んで、久しぶりで大いに笑い、それから憤慨した。

「呆《あき》れたわねえ、暑中見舞にこんなこと書くなんて、これで発散しているつもりなのね。なんてミミッちいんでしょ」

夫人は早速、返事を書いた。葉書ではなくて封書である。

「お葉書ありがとう。一読して、思わずふき出しました。お化けになってまぎらせるなんてかなしいですね。その後、私は、現代青少年のために、こういう案を考えましたがどうでしょうか。

男子二十歳にして童貞を放棄すべしという法律を作るのです。これは性慾解決の問題ばかりでなく、現代青年にもっと早く一人前になってもらいたいという私の願いがこめられています。男が童貞のうちは、何のかのとえらそうな理窟をいったたって、何もわかりはしないのです。女を知ってはじめて、世の中がわかります。合理的、合理的などといわなくなります。女とつき合うことは、不合理を知る最もよい方法ですから。童貞なんて一文の価値もないものは、早く捨てた方がよいのです。

尚、この法律に於て、童貞を破る任に当る者は、五十歳以上の未亡人とすること。

(後略)」

するると、折り返し西郷君から返事が来た。

「大へん結構なご意見、ありがとうございました。ぼくは大賛成ですから、署名運動でも何でもいたします。ただ一つだけお願いがあるのですが、五十歳以上の未亡人というのを、せめて四十歳に引き下げてはいただけないでしょうか。右、お願いまで」

4

九月に入って間もなく、西郷君は例のサツマアゲを土産に持って佐倉家へ帰って来た。その翌日、彼は洗濯物を抱えて台所のタタキにやって来ていった。

「奥さん、洗うものがあったら出して下さい。ついでにやっちまいます」

「ありがとう、でも結構よ」

佐倉夫人は台所でドーナツの粉を練りながら、心中ひそかに、「だからダメだというのよ、この男は」と呟く。

男子たるものがひとの洗濯をすすんで引き受けるなんて、何という不見識だろう……そう呟くとき、夫人の心の中でエネルギーの燃焼がはじまるのである。夫人の顔は生き生きとし、ドーナツ粉を練る手は力強く機敏に動く。

「ドーナツですか、これはいい、奥さんのドーナツはうまいからなあ……」

西郷君はそういいながら、洗濯機のスイッチを入れ、勝手口の柱にもたれた。

「奥さん、あのですね、ぼく、あれからいろいろ考えたんですがね」

「なあに？　あれからって？」

「いつかの手紙の説ですよ。あれは実に合理性のあるいい意見だと思うんですがね」

「…………」

「どうでしょうか、奥さん、まず率先して、自説の試みをやってごらんになっては……」

夫人は西郷君を見た。真面目《まじめ》なのか冗談なのか、西郷君の目尻の下った角丸《かどまる》の顔は一向につかみどころがない。

佐倉夫人はいった。

「でもわたしは未亡人じゃないわ。あれは未亡人でなくちゃ意味がないのよ」

「しかしですね。例えば人の奥さんでも、もう十年も二十年も結婚生活をつづけていると、精神的に未亡人のようになっている妻もいるんじゃないですか、そういう人なんか入れたっていいんじゃないのかな」

笑うでもない笑わぬでもない西郷君の顔は、いつもの彼の持前の顔である。

「じゃ西郷さんは、わたしが精神的未亡人だとでもおっしゃりたいの？」

「いや、決してそういうわけじゃないですが……その、何というかな、あの、つまり、単刀直入にいって、奥さんほどものわかりのいい女性はそう滅多にいないと思うんで……」

西郷君は歌うようにいった。

「年齢も頃合だし……いいんじゃないかなあ……理論には必ず具体性を与えるべきだと思うんですがねえ……どうでしょうか、ぼく、お願いしたいんですけど……奥さん、いけませんか……」

「それ本気？　西郷さん」

「本気ですよ、冗談に見えますか？」

佐倉夫人といえども、若い頃に男からいい寄られた経験は何度かある。しかしこういう形式ははじめてだった。いや、これは果していい寄られている、という言葉で表現すべき状態なのであろうか。そう思ったとき、夫人は突然カッとした。真面目とも冗談ともつかぬ顔をしてこういうことをいう男。いい寄るならば、もう少し何とかした場所がありそうなものだ。庭の木犀《もくせい》の蔭とか、夫人がショパンなど弾いているときとか……パンのし棒でドーナツ粉を伸ばしているそばで、洗濯のかたわら女を口説く……

「あなたはいったい、わたしを……」

いいかけて夫人はやめた。愛という言葉はこの場合、何と空々しくバツの悪い響を持って感じられたことだろう。そうだ、彼は夫人に向って愛という言葉など一度も使わなかった。彼はただ「お願いします」といったのだ。「年齢も頃合だし」といったのだ。

夫人は黙って力任せにパンのし棒を使った。要するに夫人はいい寄られたことに腹を立てたのではなく、そのいい寄り方に腹を立てたのだ。そして夫人は叫んだ。

「歳末助け合い運動じゃあるまいし……お断りしますよッ」

そのときの西郷君の面くらった顔は、その後も長く夫人の脳裏に刻み込まれた。西郷君は絶望したのではなく、面くらったのだ。まるで隣へ釜を借りに行った人が、いきなり断られてびっくりしたように。そして彼が絶望をせず、ただ面くらったということは、いっそう佐倉夫人の自尊心を傷つけたのである。

しかし、そんなことがあってからも、佐倉家には平穏な秋が深まって行った。西郷君は何ひとつ変ることなく、モモ子と石ケリをし、お手玉をし、お鍋を持って豆腐屋を追いかけた。階段に腰をかけてギターをかなで、夫人の毛糸まきを手伝った。佐倉夫人にはそんな西郷君が面白くないことおびただしい。夫人は西郷君がうちのめされ、悩み苦しみ、色青ざめて食慾が落ち、夫人の横顔を盗み見てはひそかに溜息などつくようになってほしいのだ。食事のときなど、夫人は西郷君の前でわざとよそよそしく伏目になる。悲恋映画の女主人公が、何も知らぬ夫と恋人の間でコーヒーなどいれながらするときの表情である。しかし西郷君はそんな夫人の表情に気がつかず、

「ワンタンはブタのヒキ肉より、ぼくはトリヒキの方が好きですな」

などといっているのだ。そうして裏切られて苦悩する筈《はず》の哲氏は哲氏でのほほんとして、

「君、ライライ軒のシューマイは、五十円にしちゃうまいよ」

といっている。

そんなある日、西郷君の部屋に一人の女子学生が現れた。痩《や》せて背が高く、顔が小さくとても色が黒い。彼女は西郷君の後から居間へやって来て、

「花井タマヨです、どうぞよろしく」

と自己紹介した。

「N大学の英文科の才媛です」

西郷君が傍から言葉を添える。

「アメリカ留学を目指して猛勉強中なんです」

「わたくしアメリカの人種問題に興味を持っていますの」

「それはそれは、おえらいことねえ」

佐倉夫人はコーヒーをいれながら思う。この器量じゃあ、勉強でもするより仕様がないわね——夫人の心中は穏かとはいいかねる状態にある。女友達など一人もなかった西郷君が、とうとう女の子を連れて来たのだ。その女友達が意味するところのものが何であるか、それは西郷君のそれまでの合理的人生観をひっくり返したものであるか、あるいは、その延長にすぎないものであるか、夫人はそれを知りたい。だが、西郷君とタマヨ嬢は、コーヒーを飲み終るなり、さっさと二階へ上ってしまったきり、夜になっても下りて来ない。

「あなた！」

時計が十時を打ったとき、夫人は編物の手を止めて傍の哲氏を見た。

「へんだと思わない、あなた」

「何がだね」

「へんに静かだと思わない」

佐倉夫人は天井を睨《にら》んだ。

「静かすぎるわ、ただごとじゃないわ」

「いいじゃないか、静かでも……それくらいのことはあるさ、彼も年頃だ」

いわれて夫人は黙って編物をつづける。暫《しばら》くしてまたいった。

「あの女、どうでしょう、あのズボン見た？　わたしは出初式《でぞめ》のトビが入って来たのかと思ったわ」

「キビキビした子だね」

「人種問題に興味持ってますの、っていったときの顔見た？　笛を聞いて出て来たコブラみたいだったわよ」

それから不意に夫人は口をつぐみ、哲氏の袖を引いた。

「何？　あの声——あれ、声なんでしょ」

夫人は更に耳を傾け、それから、いきなり大声を上げた。

「あなた、あなたは我々の家庭の神聖が穢《けが》されるのを黙って見ているんですか!?」

「大げさなことというなよ。誰だって覚えのあることだ」

「何の覚えですか？　え？　何の覚えなの、ここは連れこみ宿じゃないんですからね、このことは我々に対する侮辱です。挑戦だわ！」

夫人は隣の部屋に向って声をかけた。

「モモ子、モモ子、お二階へ行って、西郷のお兄ちゃんにちょっと来て下さいって
……」

「よせよ、モモ子はもう眠ってるよ」

「じゃあ、わたしが行ってきます」

「よせよ、興奮するなよ」

佐倉夫婦の騒ぎは当然、二階へも聞えた筈だった。だが十一時過ぎ、タマヨ嬢はいとも軽やかに階段を下りて来、

「お邪魔さま、さようなら」

とにこにこと声をかけて帰って行ったのである。

タマヨ嬢はその日以来、頻繁《ひんぱん》に現れるようになった。土曜日の夜来て、日曜日の昼までいることもある。

「彼女はね、奥さん、あれでなかなか偉いところあるんです。無駄使いは一切しないで、ひたすら目的に邁進《まいしん》しているんです。もしかしたら、奥さんなどと話が合うんじゃないかな。ひたむきなところ、熱血な人である点……」

「そうですかね」と夫人の声はよそよそしい。

「映画も見ず、コーヒーも飲まず、化粧もせず、アメリカ行きの貯金をしているんです。それでね、ぼくも及ばずながら、援助しているんですが」

「そう、それは結構ね」

「女に珍しく論理的な人でね、ぼくと大体、意見が合いました。とりあえず向う一年

の契約を結んだんです。一ヵ月三千円で、基本回数五回、あとは一回まし二百円です」

「何のこと？　それ……」

「つまり、最も合理的に援助し合っているということです」

「援助？　じゃ恋愛じゃなかったの？」

「ぼくらはとても気が合っています。ぼくは彼女を尊敬しているし、好きですよ。丁度、奥さんを尊敬し好きだったように」

それから西郷君は明快にいった。

「奥さん、奥さんのいった通りでした。童貞なんて、盲腸よりも価値のないものですね、よくわかりました。おかげでぼく、人生が安定しました。奥さんって、ほんとに素晴しい人だな、奥さんのような人と知り合えて、ぼく、ほんとによかった……」

季節はもう冬に向いつつあった。佐倉夫人は庭に出て、近くの神社の森から舞い散ってくる落葉を掻き集めて焼いた。落葉焼く煙の向うに、どこにいるともわからぬままに落ちて行く入日は、夫人の憂愁を深めた。夫人の時代はもう過ぎ去りつつある。佐倉氏の時代も、もう遠く過ぎ去った。ああ、日本の国よ、どこへ行くのか。夫人は黙って落葉を焼く。近ごろ夫人はめっきり無口になった。

# 結婚夜曲

# 1

テレビを見ながらご飯を食べている夫の顔を見るたびに、この頃、夫はだんだんアホウになって行っているのではないか、と私は心配になるときがあります。よく、新聞を見ながらご飯を食べる旦那さんに、奥さんが業を煮やすというマンガがありますが、新聞を見ながらご飯を食べる旦那さんには、何となく社会に参画している一員といった、女や子供にはない重々しい感じがあります。ところがコロッケに箸を突き立てたまま、うすく口を開けてテレビに見入っている夫の顔といったら、女子供よりもヒゲがあるだけバカげて見えるのです。いったい何が面白くて箸を止めてまで、猫が鼠にやっつけられているマンガなどを真剣な面持《おももち》で見入らねばならぬのでしょう。

私たち女が、だんだん男性を尊敬しなくなって来ているのは、これは私たちが悪いのじゃありません。男が自ら自分をおとしめているのです。口をポカンとあけてテレビを見ている夫を見るたびに私はそう思います。

「お父さん、ほら、ご飯がこぼれてる」

と中学三年の娘に注意されている。

「お父さんの顔って、カビの生えたキャッチミットみたい」

などと、この娘は父に向っていうのです。

夫は、丸安証券という小さな証券会社のG町営業所長です。以前は長い間、R生命の営業所長をしていたのですが、証券会社の好況を見て、丸安証券へ移ったのでした。というのも私の伯父が丸安証券の常務をしている関係もあって、やれ神武景気だ、岩戸景気だなどといって、家を新築したり、末娘をヨーロッパへ留学させたりしているのをみると、地味な生命保険の仕事なんかバカバカしく思われたのでした。夫は伯父のつてと、R生命にいた頃の成績が大へんよかったこともあって、いきなり新設したG町の営業所長として迎えられたのでした。

ところが株式界の好況は、夫が丸安へ入って一年目くらいから、だんだん下向きになり、ケネディ暗殺以来、火の消えたようになってしまいました。夫の営業所の成績は全営業所じゅうで、いつもDクラスのDという最低をつづけているのです。

「R生命にいりゃ、この不況だって安泰だったのにな」

と高校二年の息子はいいます。

「全く親爺はツイてないなあ。運の悪い人間ってのは、いつもこうなんだってね。まず丸安へ移った時期が運が悪かった。その次にG町みたいなあんな金持の少ない住宅地の営業所長になったのが、また運が悪い――」

「ということはつまり見通しが立たないってことじゃないの？　運が悪いって言葉

は、能力がないという言葉のシノニムでしょ？」

娘はいいます。

「能力がないことを責めるもんじゃないよ。その人間にとってどうにもならぬことを非難したってしようがない」

息子と娘は、夫のいる前でも平気でそんな議論をします。

「例えばだな、お前は親爺の頭がはげてるからって、親爺を責めるかい？　だがいくら責められても、ハゲ頭は責任を取れやしないよ。それと同じだ」

「私はそうは思わないわ。はげたものはしようがないとはいわせないわ。自分の頭をはげるに任せたということは怠慢よ。なぜはげないように努力しないのよ」

「人の力には限界があるよ。いくら努力してもはげる頭というものがある」

「なせばなる、だわ。根性の問題よ、意志ですよ、精神力よ！」

娘を見ていると、私は自分の若い頃をしみじみと思い出します。私もこの娘のようにムキになって、一生懸命に必勝のハチマキをしめ、精神力を信じて戦争が勝つように頑張ったものでした。竹槍訓練ではいつも模範となり、兵隊服のミシンかけでは一番成績を上げました。日本が負けてからも、結婚してからも、子供が生れてからも、いつも必死で私はやって来ました。夫がR生命にいるときは、親戚《しんせき》から知り合い、出入りの商人にまで保険の加入を頼み、また丸安へ移ってからは、割引債券の割当を消化するために駈けずりまわりました。

けれども夫は、だんだんだんだん、意気が上らなくなって行っています。来年は娘の高校進学、さらい年は息子の大学進学を控えているというのに、いったい何をどういう風に考えているというのでしょう。もう一年近くもDクラスのDで、それでも別だん躍起《やっき》になっている風もないのは、いつも夫がいう通り「今みたいなときにジタバタしても仕方がない」ためでしょうか、それとも娘のいうように能力の限界というものが来たせいでしょうか。

丸安証券で営業所を整理するかもしれないという噂を聞いたのは、夏も終りの頃のことでした。もし整理するとなれば、まず槍玉に上るのはおそらく夫の営業所です。

「あなた、どうですの？　大丈夫なの？　伯父さんは何ていってて？」

私は何度その質問をくり返したことでしょう。そのたびに夫はテレビに目をやったまま、はかばかしく返事もしません。

「あわてたってどうしようもないよ。お客はみなもう、株式にはすっかり愛想をつかしてしまっているからね。こう下ったんじゃ無理もない」

やっとたまにいう言葉がこれです。

「無理もないっていってすましていられることじゃないでしょう。愛想をつかさせないようにするのがすぐれたセールスマンというものじゃないの」

話がこのへんへくると夫はもう、返事をしません。

丁度十一月のことで、テレビが福岡場所の「今日の取組」をやっているときでした。例によって同じような問題をむし返し、ついに私は返事をしない夫とテレビの間にどすんと坐りこんで叫んだのです。

「何さ、こんな角力《すもう》みたいなもの……こんな不作法なものを一生懸命に見たりして……汚いお尻をお客に突き出して……もしあのまわしが外《はず》れたらどうする気よ……」

しかし夫はいいました。

「いいからそこどけよ」

「私のいったことに返事をしてちょうだい。今年はボーナスはどうなるのか、営業所はどうなるのか、あなたはいったいどういう気でいるのか、営業所がなくなったら、伯父さんのお情で本社の黒板書きにでもしてもらうつもりなの？」

「…………」

「え？　どうなのよ、情けない人ね、この答も出来ないの？　何も出来ない人ね、あんたって人は……女もくどけないような男は一人前のセールスマンになれないっていうわよ。あんたなんか何よ。その年になって、女ひとり作れないで……たまには金持の未亡人くらいひっかけたらどうなのよ、あんたよりひどい御面相の男だってちゃんと女を作ってますよ、え？　口惜しけりゃやってごらんなさいよ」

　さすがに夫は「なにをっ」と叫んで打ちかかろうとし、それから急に思い直したように向うの部屋へ寝に行ってしまいました。夫にはもう、打ちかかってくるだけの気力さえも失われつつあるのでしょうか。若い頃は決して思い直して寝に行ってしまったりしなかった夫です。夫の力は強く、徹底的に、どちらかが倒れて動けなくなるまで、私たちは戦ったものです。怒ると闘牛のように鼻から息を吹き出して飛びかかってくるのを、私はひらりと身をかわし、手にした箒《ほうき》でその足許をかっ払ったものです。

　けれども今、夫はもう疲れはてたのでしょうか。テレビだけを唯一の友とし、めったに笑うことも怒ることもなく、愚痴をこぼすこともなく、いったいこの人生を諦《あきら》めたのか達観したのか、私にはただ不甲斐ないとしか思えない沈黙の中にこもって、孤独な犀《さい》のように寝てしまうのでした。

## 2

　私がアヤリさんのことを思い出したのは、丁度そんなときでした。それでもやはり私は、夫のために新規の客を見つけようと考えたのです。私に向って打ちかかって来なかった夫を思うと、私はボヤボヤしてはいられないという気持になりました。何といっても今までのお客は、夫のいうとおり、三十六年からもう三年間も、上る上るといいながら一向に上らない株式に欺《だま》されつづけて、もう何といっても動こうとしなくなっています。こうなったら株にこりていない、何も知らない新しいお客をつかまえるよりしようがありません。

私がアヤリさんのことを思い出したのは、松井定代という化粧品のセールスマンをしている女学校時代の友達がやって来て、アヤリさんが三千円のクリームを買ったという話をしたからでした。アヤリさんというのは女学校時代の下級生で、私の妹の友達です。昔私たちは彼女にチビクロという渾名《あだな》をつけてよくからかっていました。体操の下手な子で、懸垂《けんすい》が出来ないといって泣くのです。宝珠《ほうしゅ》の玉の貯金箱に、一銭玉貯金をしていて、それを唯一の楽しみにしているのだと、妹がいっていたことがあります。そのチビクロが今は何でも、ある有名銀行の支店長夫人になって羽ぶりがいいというのです。私は昔、彼女に闇米の世話をしたことを思い出しました。それからまた彼女が竹槍訓練の教官に虐《いじ》められるのをかばってやったことも思い出しました。私は親切ないい上級生だった筈《はず》です。彼女は私のようなお姉さんがほしいと、私の妹にいったことがあるのです。割引債券ぐらい買ってもいいのです。

十二月に近い暖かに晴れた日、私はアヤリさんを訪ねました。アヤリさんと会うのは、妹の結婚式のとき以来ですから、もう十年以上になります。チビクロがひとまわり大きくなったような感じで、黒いながらも手入の行き届いた肌はつやつやとし、小さいながらも肉づきがよくなって、何となく豊かな上品な感じになっています。

「まあ、お願いだなんてケイ子さん、何ですの？　こんなあたくしみたいなものに……」

アヤリさんはそういいました。「あたくし」というとき、ちょっと得意げに鼻にかかった声を出しました。その声に私は多少、不快を覚えました。その声に支店長夫人になったアヤリさんの自負のようなものを感じたからです。

しかし私は割引債券の説明をはじめました。銀行の定期預金の利息は年に五分五厘、税を引かれると四分九厘にしかならないが、割債は六分三厘三毛にまわること、売買の手数料は無料だし、税金もかからないこと、たとえば百万円の銀行定期をやめて割債に買い変えれば年に一万四千円のトクがあること……これが中級サラリーマン夫人を動かすポイントなのです。子供の頃から一銭玉貯金に身を入れていた彼女の本能は、まだ失われてはいないようでした。アヤリさんの目はふと輝きました。テーブルの上のお菓子を私にすすめるのも忘れて、身を乗り出して聞き入っていました。それから彼女の顔には願望と当惑とがかわるがわる現れ、それから未練らしい小さな声がいいました。

「でも……主人がねえ……うちの主人ったら、とてもカタブツで、ケチで、気が小さいの……きっと反対しますわ」

私はわざとびっくりしたような声を出しました。

「まあアヤリさん、あなたその年になって、まだ御主人に相談しなくっちゃ何も出来ないの？」

私はますます呆《あき》れたようにいいました。

「あなたったら、ヘソクリは一文もしていらっしゃらないの？」

「そりゃあ、少しぐらいなら……」

アヤリさんはいいかけて、迷うように口をつぐみます。

「そのヘソクリはどうしていらっしゃるの？　まさか宝珠の玉を並べて……」

といいかけて気がつき、私はあわてて、

「ヘソクリなら絶対、割債よ。そりゃ絶対よ、絶対ですとも！」

と力をこめました。どうも私はセールスはあまりうまくありません。相手がウジウジと迷っていると、ムカムカしてくるのです。

「そうねえ……どうしようかしら……そうねえ……」

それをくり返されているうちに、だんだん気がたってくる自分がわかりました。それはアヤリさんへの怒りと同時に、この場にこんな風に身を置いて、罪もないアヤリさんに腹を立てている自分への怒りです。いや、私をこんな風にさせているもの、私をとりまく家庭の事情に対する怒りです。

女というものの哀しさは、その能力とは関係なしに、夫によって人生がきまることだ、といった人がいます。全く私はその通りだと思います。こう見えても私は学校時代は全校にその人ありと知られた優等生だったのです。勉強だって運動だって出来ないものはありませんでした。式の日に国旗を掲揚《けいよう》する役はいつも私でした。もしあの戦争時代に生れ合せていなかったら、思うままに勉強出来る世の中に生を受けていたら……と私はよく思います。私は結婚などというつまらぬことはしないで、女学者か女代議士ぐらいになっていたでしょう。

私は一生懸命に不愉快さを押えました。そうして懸命に笑い顔を作り、

「そのうち主人をよこしますわ」

といいました。

「それまでにお考えになっておいてね。お願い。よろしくね」

ああ、夫さえしっかりしていれば、なにもこんなチビクロに頭を下げることなんかないのです。

「ほんとうにたいへんねーえ」

靴をはいている私の後に立って、アヤリさんはいいました。真実めかそうとしてへんに長くねーえ、と引っぱったいい方に、私は甚しく自尊心を傷つけられました。チ

ビクロは私をあわれんでいるんです！　私は同情されているんです！　しかし私は我慢してにっこり笑いました。そうしてていねいに頭を下げ、「お願いね、アヤリさん」といいました。

夫がアヤリさんのところへ出かけたのは、それから間もなくのことでした。はじめはあまり気乗のしない顔で出て行った夫は、案外の成果があったようで、しかし元来が無口な男ですから委《くわ》しくはいいませんが、

「あの奥さんは思ったより金を持ってるらしいね」

といいました。アヤリさんは割債を三十万買ったのです。

そのあくる日でした。夫は珍らしく夕食後もテレビを見ないで何か考えているようでしたが、ふと私を見ていいました。

「マツノキナイロンの手形は、手形業者が割引かなくなったというニュースが入った」

「ふーん、そう」

私は気のない返事をしました。

私はボーナスのことを考えていたのです。それから重役さん達に持って行くお歳暮のことや、子供らのクリスマスのことや、すりきれた茶の間の畳替えのことを。しかし夫は私の気のない返事にはかまわずにいいました。

「これは極秘情報なんだ。マツノキナイロンは西洋レーヨンが資金をバックアップしていたんだがね、今度手を引くという……」

ふと見ると夫の顔は近頃になく生気が漲《みなぎ》り、鼻の穴がふくらんでピクピクしています。G営業所長になったばかりの頃、夫はよくこんな風に鼻の穴をふくらましては、

「やるぞ、さあ、やるぞ！」とどなっていたものです。

「マツノキナイロンを空売りするんだ。こいつは儲かるぞ。五円にまで下るぞ――」

私は夫の意気込みにあっけにとられて顔を見るばかりです。

「あの三十万の割債を信用取引のタンポにして、マツノキをカラ売りさせるんだ」

夫はいいました。

「相手はアヤリさんだ。冒険だが彼女ならきっとくいついてくる。今がチャンスなんだ。新しい客を摑《つか》むにはこうするよりしようがない」

夫は珍らしくよくしゃべりました。いくらいいニュースがあっても、古い客はもう信用しない――

「処女地を開拓するんだ」

夫は演説をするようにいいました。

「彼女は未開の処女地だ。実にナイーブな慾ばりだ」

私は夫を見てわけもなく笑いこけました。「ナイーブな慾ばり」とは、夫はやはり

見るべきものは見て取っているのです。「わたし、どうしようかしら……そうねえ……どうしようかしら……」そんなことをいいながら、だんだん話に乗ってくるアヤリさんが目に見えるようでした。翌日、私は営業所へ出かけて行く夫の後姿を、珍らしく表まで出て見送りました。久しぶりで夫の中にふくれ上って来ている株屋の闘志のようなものが、私には嬉しいのでした。

3

アヤリさんはマツノキナイロンの空売りで儲けたお礼だといって、夫にイタリア製のネクタイを贈ってくれました。（もっとも私はすぐそれをデパートへ持って行って、ズボン下と取り替えて来ましたけれども）マツノキナイロンは毎日下りつづけていました。彼女はほぼ、五万ほどの金を儲け、また再び売りをかけていました。

「朝井夫人の所長に対する信頼は絶対ですね」

ある日、夫の部下の横田さんが来てそういいました。

「一日に一度は所長の声を聞かなければいられないらしいですよ。毎日、電話をかけて来ます。奥さん、気をつけた方がよかありませんか……」

元来、私はこの横田という男が大嫌いなのです。ふかしたてのゲンマイパンみたいにやわらかそうで、笑ってもいないのにいつも笑っているような三日月型の目をしています。セールスマンは独身でいなくちゃダメですよ。商売上、絶対不可欠の要素ですね、などといって意味ありげにニヤリと笑う。それを見ると私は思わずムカムカして、あのやわらかそうな顔をふんづけてやりたいと思うのですが、それを押えて月に一、二度は夕食に呼んだりして大事にしています。何といっても彼は夫の営業所での働き手なのです。

「奥さん、女というものは実に他愛のないところがありましてね。例えば病気を治してくれた医者にすぐ惚れる、危難を救ってくれた男、身の上相談に乗ってくれた男……それに金を儲けさせてくれる男にもすぐ惚れるんです。気をつけた方がいいですよ、奥さん……」

「惚れてくれる女がいれば大出来だわ」

私はわざとそういってやりました。

「四十をすぎて女の一人も出来ないようじゃ情けないじゃないの！」

横田さんは何を思っているのか知りませんが、女には女の自尊心というものがあるのです。あんな若僧におだてられて、簡単にヤキモチを見せ、茶のみ話にされたりしてはたまったものじゃありません。昔から私はどんなことがあってもヤキモチだけは夫にも見せまいと心がけて来ました。それは女のたしなみであるというよりは、男に対する意地です。女としてのプライドです。

十二月中旬、マツノキナイロンはとうとう三十五円にまで下りました。主人はアヤリさんに今度は倍売らせていたのです。

「彼女とても喜んでね。夢じゃないかと思うって、つねってみたんだそうだよ、アハハ……本当につねったんだとさ……」

夫がそういったとき、私は自分の顔がふとこわばるのを感じました。「彼女」とは何です。何が「アハハハ……」です。自分が儲けたわけでもないのに、何がそんなに嬉しいんですか、そういいかけて、私は言葉を呑みこみました。横田さんの言葉が頭にひらめいて、それが却《かえ》って私を自重させたのです。

「よかったこと」

私はいいました。

「一銭玉貯金にくらべたら、そりゃ大した儲けですものね」

「何だい、一銭玉貯金って？」

「宝珠の玉の貯金箱に一銭ためて喜んでいたんですよ、あの人は。弟がその中から十銭出したといって、馬乗りになってぶん殴ったのよ……」

夫は笑いましたが、私は真面目《まじめ》でした。その真面目さが、我と我が心にしみました。私は面白くないのでした。しかし私はそれを嫉妬《しっと》だとは思いたくありませんでした。

マツノキナイロンから手を引くといわれていた西洋レーヨンが、突然声明を出したのはその翌日でした。西洋レーヨンはマツノキナイロンから手を引かないことを声明したのです。マツノキは下げを止め、少しずつもどり出す気配がありました。私は喜んでいいのか、悲しいのかわかりませんでした。倍で売をかけていたアヤリさんは、そのためすっかり前の儲けを吐き出してしまったのです。夫は日に日に以前の夫にもどりつつありました。いや、以前よりももっと悪い状態に陥りつつありました。仏頂《ぶっちょう》面《づら》をし、モモヒキを後前《うしろまえ》にはいて、それがまるで私のせいであるかのように、プリプリするのでした。ますます無口になり、テレビを睨み、しかしその目は少しもテレビを見ていないことは一目瞭然《いちもくりょうぜん》でした。夫は私に話しかけられるのを防ぐためにテレビに目をやっているのです。

「そうそう柳の下にどじょうはいないよ」

息子はいいました。すると娘もいいました。

「額に汗して働いた金じゃないと身につかないわよ」

子供というものは本当にいい気なものです。何でもかでもひとごとで、親の苦労も対岸の火事、いつでも面白半分に批評しているだけです。私たちが若い頃は、自分を捨てて国のために尽しましたが、今の若い者ときたら、ただ自分のことがあるだけです。たとえ今、日本の国が消えてなくなったとしても、彼らは特別驚きもせず、「この国には消えるべき必然性があったのだよな」などといいながら、お尻の割れ目がくっきり見えるようなズボンをはき、自分が胴長のチンチクリンであることも忘れて、「ヘイ、ユー」などと平気でいうようになるでしょう。

私たちのお正月は淋しいものでした。子供たちはアルバイトをしたお金でスキーへ出かけ、二人きりの元旦は、近所の商店街で買って来た形ばかりのおせち料理とお雑煮を食べたあとは、何も話すこともなくすることもないのでした。

「アヤリさんは気のぬけたような気持でしょうね」

ふと私がそういうと、夫は不愉快そうな顔をして黙っていましたが、暫《しばら》くしてからこういいました。

「必ずこの損は取りもどしてみせる――」

その決意に満ちたいい方に、私は思わず夫を見ました。夫は失意の中から起ち上ろうとしている革命の志士のように、男性的に見えました。そして夫が男性的に見えたということが、私の胸にある一点の曇りを投げかけました。それは疑惑とか嫉妬とまでは行かない、重苦しい胃のもたれのようなものでした。四日に新年の発会があり、その翌日から、マツノキナイロンは急騰しはじめました。私は毎日ひそかに、テレビの株式番組を見ては一種複雑な気持になっていました。夫は今度アヤリさんに、買いにまわらせているのです。三十三円だった株価はもう五十円まで上っていき、それと一緒に夫の元気も上って行きました。「みろ、とりもどしたぞ」と夫は誇らしげにいいました。もう私には、夫がアヤリさんに何を買わせ、何を売らせているのかさっぱりわかりませんでした。夫はマツノキだけでなく色々な銘柄の、あれを売り、これを買いして、アヤリさんに手をひろげさせて行っている様子でした。そしてアヤリさんはもう電話ではなく毎日、夫の営業所へ通って来て、一日いっぱい黒板を見て過しているのだそうです。アヤリさんが損をしているのか、得をしているのか、私にはわかりませんでした。しかし株価は日に日に下って行っていました。夫は何もいいませんでしたが、横田さんはこういいました。

「所長も苦境に立っていますな」

一度、私が営業所に電話をかけたときにアヤリさんが出て来たことがあります。最初の声で私はすぐ、それがアヤリさんだとわかりました。なぜか私は自分の名をいうのをためらいました。私はとっさに夫のことを「所長さん」といっていました。

「所長さんを呼んでいただきたいのですが」

そうして夫が出てくるまでに、私は電話を切ってしまいました。

## 4

三月に入って間もなくの、春めいた中にもまだ冷たさの残っている日曜日でした。日曜日なのでいつまでも寝床の中でうつらうつらしていると、玄関のこわれたベルが、ガーガーとさわがしく鳴ります。

「非常識なひとねッ、日曜日だというのに……なによォ」

向うの部屋で娘がどなっています。すると隣に寝ていた夫がむくむくと起きて、丹前を引っかけて出て行く様子です。夫はこの頃、すっかり年寄り並に早起きになってしまって、日曜日でも六時前から目をさましているのです。しかしあまり早く起き出すと私たちが怒ると思って、我慢して寝ているらしいのです。まだ眠気の残っている私の頭に、夫の声が聞えて来ました。

「ええ、それはわかってます……ですからね……ですから……いや、ぼくのいうことも聞いて下さい……困ったなあ、そう興奮されたんじゃ……しかしですね……奥さん……いや、待って下さい……」

私ははっとして布団をはねました。アヤリさんです。アヤリさんの声がいっているのです。

「もし、これが主人に知れたら、どうなるんです、わたし、離婚されますわ、うちの主人はとてもきびしいんです……わたし……わたし……」

いつか私は寝まきのまま、襖《ふすま》のかげに立っていました。

「今日はケイ子さんにおめにかかるつもりで来ましたの、ケイ子さんならわかって下さいますわ、あの方は本当に立派な上級生でしたもの、責任感のある、正義に燃える方でしたもの……」

「しかし、奥さん、この問題はですね……」

「いいえ、もうあなたの弁解は聞きあきましたわ。そのうちに何とかする、そのうちにそのうちにって……わたし欺されたのよ、早くケイ子さんを呼んで下さい」

夫は戦《いくさ》に破れた蒙古の将軍のように着ぶくれて私の前に現れました。私は握りしめた拳が思わず慄《ふる》えるのを感じました。

「何をしたんですよッ、彼女に……」

私の声は蒸気機関車のようにシュッシュッとツバをとばしました。アヤリさんに聞えないように、しかも怒りをこめていうと、どうしてもシュッシュッという風になってしまいます。夫はいいました。

「七十万の損をしたんだ。それを弁償しろといっている」

「なんですって！」

思わず大声で叫びました。それから気がついて声をひそめ、夫の丹前の衿《えり》をつかみました。

「何をしたのよ、あんた、何をしたの？　えっ？」

「御主人の株を無断でタンポに入れているんだ。それを何とかしてくれといってる」

「だからいってるんですよッ、あんたは彼女にいったい何をしたのか……」

「七十万ほどの損が出てるんだ。タンポはみな流れてしまうのは当然なんだ。それを何とかしろったって、ムチャクチャな話だ」

「私がいっているのはこういうことなのよ。そんなムチャクチャをいわれるようなことをあんたはしたんでしょ、ってこと……」

「何だ、そりゃ？」

「わからないっていうの？　とぼけるのもいい加減にしてよ！」

私は夫を突き放し寝床の中にもぐりこみ、しかしじっと寝ていられなくてとび起きて雨戸をガタピシ開け、布団を押し入れへ蹴込み、ハタキでそのへんを叩きまくりました。胸の中ばかりか手足の先まで煮えくり返るようでした。まだそこにつっ立ってそんな私を呆然《ぼうぜん》と見ている夫の身体を力まかせにハタキではたきました。

「ふん、一人前に……」

私は吐き出すようにいいました。

「甲斐性もないくせに、女にだけは一人前に手を出すのね」

「何をいっているんだ。お前は……」

「何よ、その意外そうな顔。柄にないお芝居はよした方が身のためよ」

私はもう声を低めてはいられませんでした。私は家中に響きわたるような声で叫びました。

「七十万ってのは慰謝料のイミなんでしょう！」

このとき私の後で息子の声がしました。

「よせよ、母さん、冷静になれよ」

すると娘のねむそうな声が、向うの部屋の布団の中からいいました。

「うるさいわね、静かにしてよ。お母さん、今更ヤキモチやくような相手じゃないじゃない」

その日さんざん愚痴をこぼして帰ったアヤリさんは、翌日になるとまたやって来ました。翌々日もそのまた翌日も来ました。彼女は玄関の上り框《がまち》に腰を下ろしたきり、一日いっぱい動こうとしないのでした。アヤリさんのいうことは毎日同じことでした。私の夫のために損をさせられたこと、彼女の夫に内緒で夫の株券をタンポに入れてしまったのがなくなってしまったことがわかると離婚されること、そのタンポ分だけ弁償してほしいこと。私が奥へ引っこむと、彼女は玄関先でさめざめと泣きました。彼女は五つになる末ッ子を連れて来ました。ほっぺたに水疱瘡《みずぼうそう》のあとの残っているその男の子はまるでいやがらせの子役のようにしょっちゅう、「お水ちょうだい」「おなかすいた」といってわめくのです。彼は母親が愚痴をこぼしている間に、下駄箱の上に置いたオモトの葉をむしってしまいました。

夫に対する私の疑いはまだくすぶりつづけていました。特別の関係がなかったら、銀行の支店長夫人ともあろうひとがこんな非常識なことをいえるわけがないのです。

「運が悪いんだよ、親爺は。たまに客をつかんだと思ったら、何十人に一人というガリガリ亡者だったんだ」

息子は慰め顔にそういいます。

「お母さんの思ってるように、たとえ何かあったとしてもよ、もうこれでおしまいになったんだからいいじゃないの」

と娘。私は怒りと口惜しさと惨《みじ》めさでいっぱいになり、返事も出来ません。子供たちからこうして励まされているということが、何よりも私を屈辱でいっぱいにするのです。

「しかし俺だったら、もっとうまくやるな。関係つけるんだったら、いっそのこと弁償どころか、何もかもいただいちまうよ」

「バカなことをいうもんじゃない」

夫は父親らしく苦々しくいいますが、その苦々しさが却って夫をあわれにも滑稽《こっけい》にもみせるのです。きっと子供らの目から見れば、私も同じようにあわれで滑稽な中年女に見えていることでしょう。夫は伯父のところへ借金の申しこみに行きました。もしアヤリさんが離婚されることになってしまったら、もうとり返しがつかない、と夫はいうのでした。私たちはそのことについてまる三日議論をしました。その結果、私はしぶしぶ夫の意見に同意してしまいました。なぜならもしアヤリさんが離婚されて一人になったとしたら、私は夫とアヤリさんの不安定な間柄に悩みつづけねばならないでしょうから。それに私は、毎日のアヤリさんの来襲にすっかりねを上げていました。玄関のオモトをむしり終った男の子は、今度は庭に入りこんで、蕾《つぼみ》をつけはじめたチューリップを、すっかり引きぬいてしまいました。

伯父に借りた金と私のヘソクリや、少しばかりの夫の貯えなどを加えて、私たちはアヤリさんの御主人の株券をアヤリさんに返しました。アヤリさんはそれを受け取ったとき、

「さすがにケイ子さんだわ、あの方は女学生時代から素晴しい上級生だったわ」

といったそうです。そのお使いに行ったのは横田さんでした。夫が自分で行かずに横田さんに行かせたということが、せめて、少しだけ私の気分を明るませました。

夫は再びテレビと睨めくらばかりするようになりました。亀の子のように丹前から

首を突き出して、上目づかいにテレビを睨みながら味噌汁を吸うのです。

「運の悪い人間はじっとしているに限るんだ」

と息子はいいます。

「お父さんはじっとしていたわ。でもお母さんがお尻をあおいで押し出したのよ」

娘はそんな口出しをします。

「それにお母さんは、お父さんに向ってこういってたわ。女も作れないようでは一人前のセールスマンとはいえないって……口惜しけりゃやってごらんって……」

たしかに私はそういいました。たしかにアヤリさんを夫に引き合せたのは私です。けれども私がそんなにムキになったのも、誰のためかといえば、自分のためなどじゃない、子供たちのためではありませんか。子供らを人並みに学校へやり、人並みのものを着せ、食べさせ、やがてはいい家庭を持たせてやりたいと思うからこそ、私はムキになるんじゃありませんか。

日曜日でした。夫はもうテレビにも飽きて、畳の上に仰向けになったまま、眠っているのかいないのか、台座から外された銅像のようにじっと天井に顔を向けています。娘は縁側の古ぼけた籐椅子に寝そべって、近くの公園から舞い込んでくる桜の花びらを足の指でつまみながらいいました。

「お父さん、可哀想だわ。わたし、そう思うわ……」

すると息子は向うの部屋のお膳の前にアグラをかいて遅い朝御飯をかき込みながらいうのでした。

「全く、結婚だけはよく考えてしなくちゃいけないな——」

# マメ勝ち信吉

## 1

沼田信吉の生活の信条は、第一に他人の侮蔑《ぶべつ》に平気でいるということだった。第二の信条は寛容と素直で、第三は自分を実際以上によく見せようとせぬことだった。

彼は女が好きだった。女と名づく限りはどんな女にも好奇心が燃えた。彼の好みからいえば小柄で色が浅黒く、ふくらはぎは太くて足首で急に細くなっているトックリ型の脚をした、あまり饒舌《じょうぜつ》でない女が好きだったが、そうかといって別だんその好みに固執するわけではなかった。彼は、彼の短い腕でひと抱えもあるような、桃色の顔をしたおしゃべりの美容師を恋人にしたことがある。彼はその女を国電の中で誘ったのだ。それからまた彼は、手提《てさ》げ鞄《かばん》からそろばんをのぞかせている高校生を誘惑したこともある。彼女は髪の匂いの強い、色の黒い女の子だった。彼はその子の背後に立ち、その髪の匂いを嗅《か》ぎながらさりげなく言葉をかけた。

「君の学校に青木先生っている？」

それがきっかけだった。彼が話しかけると、どんな女でもたいてい返事をした。彼には女を安心させる気安い雰囲気があるのだ。

「へんなひと――」

そう思いながらつい気軽に返事をしてしまう。悪い人じゃなさそうだわ、と彼女たちは思う。キザでもないし、いやらしくもない。やぼったい丸顔に平凡な黒い縁の眼鏡をかけ、すましているときでも笑っているような顔をしている。この人なら、もしいざとなってもちっとも怖くないわ、と女は思う。少しぐらいつき合うだけならいいわ。お茶ぐらいなら……そう思ってついて行く。すると彼は少しずつ図々しくなって行く。だが女たちは最初に持った先入観のためにまだ安心している。彼女たちは面白半分に酒を飲む場所へついて行く。彼女たちは彼を甘く見ているのだ。彼はそれを知っている。そうしてもっと甘く見られるためにオットセイのなき真似をしてみたりする。女は笑いこけ、彼に親しみを持つ。そこが彼のつけ目なのだった。

沼田信吉は今年三十八歳の東海映画のプロデューサーである。プロデューサーになる前は宣伝課にいた。東海映画の女優の貞操観念の程度については沼田に聞けばよくわかるといわれるほど、彼は実に小マメに女優たちをくどいて来た。

他人の軽蔑に対して平気でいること――。

この信条が彼をたゆみなく女に向かわせたことはいうまでもない。寛容と素直――それがある程度、彼の女遍歴を成功させたことも事実であったろう。彼はプロデューサーだったが、決して女に無理強いをしたり、権力をカサにきるようなことはしなかった。勿論《もちろん》、彼に素直だった女の子には、無理のない程度に役をつけてやったことはあるし、ある程度、事前にそれをほのめかしたこともある。それが足がかりとなって忽《たちま》ちのうちに下っ端女優がスターになったこともあったが、そうかといって恩に着せたり、あれは昔、オレと寝たんだ、などと吹聴したりするようなことはしなかった。ただ、一度スターになった女は、もう二度と彼を寄せつけようとはしない、それが信吉には少し残念なのだった。

彼は今までにずいぶん色々な女を色々な目にあわせて来たが、それと同時に彼もまた色々な目にあっている。彼は満員電車の中で女の手を握りしめたとたんに、高々とその手を持ち上げられてしまったことがある。それは放すに放せない怖ろしいまでの怪力だった。

「この手はどなたの手ですか」

怪力の主はそう大声で叫んだ。

またこんなこともあった。アメリカ兵のオンリーに手出しをしたのがばれて、その兵隊に殺されそうになったのだ。朝鮮戦線から帰ったばかりのG・Iは興奮して彼を追いまわした。G・Iは東海映画の本社にまで彼を探しにやって来た。彼は逃げまどった末、ついに社長室へ逃げ込んだ。社長室では丁度、社長が彫刻家を呼んで自分の彫像を作らせているところだった。信吉は仕方なくそこに座ってその彫像を批評した。彫像というものはモデルの顔に似せようとしてはいけない。大事なのは精神で

す、精神です、などと上《うわ》の空で叫んだ。社長は彼に向かって、

「君は誰かね」

といった。仕方なく信吉は名前をいった。それから「失礼しました」といって出て来た。

またあるとき、彼は男のような身体つきをした、機敏な身ごなしのノッポの女子学生を連れて酒を飲みに行った。彼はこの女と野球場で知り合ったのだ。信吉は彼女に女優になれとすすめた。きりょうのあまりパッとしない女の子には、このテが案外ききめがある。彼女はまんざらでもなさそうについて来た。小料理屋で彼女と食事をし、酒を飲ませた。それからスタンドバーへ行き、更に新宿裏のあやしげなバーへ連れて行った。女子学生は酒に強かった。信吉は酒の方はあまり強くない。それで自分は飲まずに女にばかり飲ませた。女は水ワリを八杯飲んだ。彼はだんだん気が滅入《めい》った。これは周知の事実だが彼はケチなのだ。信吉は欲望がなえて行くのを感じた。しかしどんなことがあっても水ワリ八杯分のモトを取らねばならない、という根性が彼を頑張らせた。

「そろそろ行こうか」

たまりかねて彼はいった。女子学生はいい気になってブランデーを飲みはじめたからだ。

「行こうかってどこへさ?」

女子学生は、はじめ彼が好奇心にかられたその男のような声でいった。

「酒のあるところならどこだって行くよ!」

彼は完全に沮喪《そそう》した。ついに欲望よりも勘定の方にハカリが傾いた。とうとう彼は女をほうり出して逃げ出した。

それらの話は信吉の仲間うちでは有名だった。失敗も成功も、洗いざらい彼は仲間に話した。特に成功よりも失敗の方をよく話した。仲間が彼の失敗を聞いて笑い出すと、それまで彼を閉ざしていた鬱屈《うつくつ》は少し軽くなった。彼は自分が風采のあがらぬ小肥りの小男であることをよく知っていた。

高校のとき、彼はいつも他人の恋のとりもち役だった。はじめは重宝がられ恋が進行すると邪魔にされた。彼はひそかに愛していた女の子に頼まれて、ある野球の選手に恋文を届けたことがある。二人が公園の便所のかげであいびきをしている間、彼はブランコに乗って見はり番をしていた。時間がくると彼は呼ばれ、そうして女の子を家まで送って行った。野球の選手は合宿へ帰らなければならないからだ。彼は女の子とバスに揺られ、よろけるふりをして彼女の方へ身体を押しつけて行ったりした。そのときの侘《わび》しい惨《みじ》めな気持を彼は決して忘れてはいない。

## 2

ところで今、信吉の目的は銀座裏のキムというバーの、エツ子という女だった。キムは勘定が高いので有名な店である。二、三人で行くとどういうわけか、飲んだ酒の数が一、二杯多くなっている。多くまちがっていることはあっても、少なくまちがっていることはない。それで信吉はキムへ行くと、エツ子をくどくかたわら、飲んだ酒の量を勘定していなければならないので疲れるのである。

しかし信吉はキムへ通いつづけていた。ケチな彼には稀有《けう》なことである。彼が行くとエツ子はピョンピョンととび跳ねるようにしてやって来た。彼女は何かというととび跳ねる女で、年は十八といい、よく笑う。信吉はよく笑う女が好きなのである。彼はバーなどへ行くと女を笑わせるために一生懸命になる。一番の得意はオットセイのなき真似だった。総理大臣の声色にも女たちはよく笑った。彼は大臣の声色で女をくどいたりした。女が本気なのか冗談なのかわからないでいるうちに、約束を取ってしまった。

エツ子は信吉を「大好き」だといった。

「だって沼田さんといると愉快なんですもの」

「愉快？　その言葉はぼくにはあまり愉快じゃないね」

彼はいった。

「せめて楽しいとか、幸福だとかいってほしいなア」

信吉はバーでは人気があった。女たちは信吉の前ではサービスする必要がないと思いこんでしまう。みんな、タイコモチでも呼んでるつもりでいやがるんだ——信吉はそういった。しかし信吉はそれが楽しかった。

バー・キムで遊ぶとき信吉はたいてい中林六郎と一緒だった。中林はキムのマダムに野心を持っていた。中林は信吉と同じ頃に東海映画に入り、企画部に四年いたあと、面白半分に書いた推理小説が当たって小説家となった。中林の浮気がばれそうになったとき、信吉がその身代わりとなったことは一度や二度ではない。流行作家になった中林が、信吉のようなパッとしないプロデューサーと十年ごしの交際をつづけているのは、お互いに女好きという点で相惹《ひ》くものがあるためなのかもしれない。

信吉は中林が妊娠させた女の夫となって、中林の代わりに中絶手術に立ち会ったことがある。手術の支度が整う間、彼は病室でその女と向き合っていた。女は信吉もよく知っている、もとファッションモデルである。女は信吉に向かって中林の悪口をいった。

「あんな人とは思わなかったわ。沼田さんのこと、あんな悪い男はいないなんていってるけど、私にいわせるとダンゼン、沼田さんの方が上等だわ」

女が怒っている顔を見ているうちに、信吉はふと思いついた。この怒りに乗じて女をくどけばどうなるか？

「ねえ。どうだろ」と彼はいった。

「どうせ手術するんだろ。なら同じじゃないか。わざわざ仕事をほうり出してこうやってついて来てやってるんだからさ……ねえ、いいだろ……」

彼はベッドに腰かけた女の、ガーゼの寝まきの下の、痩《や》せた尻を撫《な》でながらいった。

「ぼくは上等の男でなくてもいいんだよ。中林よりもっと安モノでいいからさ……」

拒んでいた女はふいに燃えるような顔になった。そしてヤケのように、「いいわ……」と叫んだ。

手術が終わったとき、医者は信吉を廊下で呼びとめて、むつかしい顔をしていった。

「ご主人、いくらこのあとしばらく出来ないからって、手術の前にああいうことをなさっては困りますな」

中林は信吉のことを、「こいつは下手な鉄砲うちだ。数うちゃ当たる」といっていた。

「お前が手を出す女にロクなのがいないじゃないか。これはお前がケチだからだよ。もてない奴が金を使わずに女を作ろうとするとこうなるというい見本だよ」

だが中林がそんなことをいって優越感に浸っている間に、信吉は何度か中林の女を横どりしていた。金も名声もなく男っぷりもよくない男は、マメに立ちまわることによって対抗するより仕方がないのだ。実際、世の中の女というものは愚かな偏見を持っている。作家ときいただけで、巾着切《きんちゃくき》りみたいな男や闇成金みたいな奴が、特別に偉く魅力的に見えるらしい。信吉は正直いって中林にかすかな敵愾心《てきがいしん》を持っていた。

「気をつけた方がいいよ。この男は、すぐにくどくからね」

中林は女たちの前でそうすっぱぬく。すると信吉はいつも少し不愉快になった。それは子供のときに勉強にとりかかろうとしている矢先に、おとなから「勉強しなさいよ」といわれたときの不快さに似ている。中林はエツ子のときもそういった。

「エッちゃん、気をつけた方がいいよ。彼こそ東海映画にかくれもなき、鉄砲うちの信吉と異名を取った男だからね」

「あら、ガンマニアなの？　こちら……」

「うん、鉄砲うちは好きだが、撃つものがちがう……」

信吉はハイボールをヤケに飲み下しながらもういい加減に黙ってくれないかと頼みたいような気持ちになった。彼は他人の軽侮は黙殺してきた男だ。しかし〝仕事〟が邪魔されるのは我慢出来ない。今までに何度、信吉は中林のこんなおしゃべりのために女に警戒されて逃げられたかしれないのだ。

だがエツ子はそのとき、ちょっと普通の女とは違った反応を示した。

「わかった。ねらうものは女の子ね！」

「うん、彼は一発主義じゃなくて、数うちゃ当たるの方だ」

「あら！　まあ！」

エツ子はピョンととびあがり、目をクルクルさせ、心《しん》そこ感きわまったような声を出した。

「現代的ね！　現代の英雄ってそんなんじゃない！」

信吉にエツ子が気に入ったのは、ただその一言のためだったかもしれない。

その翌日の昼ごろ、信吉は手帳をくってエツ子のアパートに電話をかけた。信吉は初対面の女には、必ず電話番号を聞く習慣がある。彼はそのために特に専用の手帳をいつも内ポケットの中にひそませているのだ。エツ子はすぐに電話口に出て来て、

「あら、鉄砲の先生！」

と陽気な声でいった。

「中林先生のおっしゃったとおりね。やっぱりかかってきたわ」

エツ子は笑いながらいった。

「かかってくるかこないか、ひとりでカケしてたの。勿論かかってくる方にかけてたけど、はずれたら今日はたまってる洗濯をして、久しぶりに親孝行しに母さんのところへ行くことにしてたのよ」

「お母さんのところってどこです」

「川崎よ。そこで私の嫌いな男と暮らしてるの」

「じゃぼくがかけたから、川崎へは行かずにすんだわけだ」

彼は調子づいていった。

「川崎へ行くかわりに、どうです、散歩に出て来ませんか」

「じゃ、ついでに、おひるご馳走して下さる？」

信吉は有頂天になって出かけた。これは今日のうちにモノに出来るかもしれないと思った。彼は知り合いの飲屋のおかみに頼んで、二階を貸してもらう心づもりをしていた。昼間の飲屋は戸を閉めていて、万事につけてまことに都合よく出来ている。おかみは気のいい女で、ギョーザを作るのがうまかった。ギョーザは一皿百五十円である。彼は前にこのギョーザ二皿で五時間かかって銀行の女事務員をくどき落としたことがあるのだ。

だが彼のこの心づもりはエッ子に会ったとたんに微塵《みじん》に砕け飛んだ。

「ねえ、わたし、キャラバンサライでおひる食べたいわ」

エツ子は彼の顔を見るなりそういった。

「でなかったら、そうねえ、六本木のセリナでもいいわ」

そのとたん信吉は胸の中がカッと熱くなった。一瞬のことではあったが、彼は彼の全く見知らぬ世界――危険に満ちた世界へずるずると引き出されて行くような不安を感じたのであった。

3

彼がはじめてエツ子に会ったのは夏のはじめの頃だった。だが、今はもう秋のはじめだ。あれから三ヵ月経《た》ったが、信吉はエツ子をどうすることも出来なかった。エツ子はいった。

「だって沼田さん、考えてみてよ、わたし十八のバージンよ。信じても信じなくてもバージンなのよ。はじめての経験は好いて好かれた人とじゃないとイヤだわ」

「するとつまり、ボクは好いて好かれちゃいないというわけだ」

するとエツ子は笑いこけて、

「だってムリよ……」

というのだった。

男というものは不可能にぶつかるとそれを征服したいという欲望に引きずられるものだ。しかしこれまでの信吉はそうではなかった。不可能と知るとサッサと方向転換した。だがどういうわけか今度は違った。彼はエツ子にハンドバッグを買ってやった。彼は生まれてはじめて女にものを買ってやったのだ。エツ子がほしいといったハンドバッグは何の飾りもない、ただ金色のトメ金がついているだけの白いものだった。だが値段を聞いて彼はまた胸が熱くなった。彼の胸の熱さにかまわずエツ子はそのハンドバッグ以外のものならほしくないといった。エツ子はいかにもものにこだわらぬ思いきりのよい調子でそういった。その思いきりのよい調子が彼を迷わせた。彼は夢遊病者のようになってそのハンドバッグを買った。それを買ってしまったことによって、このままエツ子をあきらめてしまうことが出来なくなったのを感じた。

信吉は競馬の損を取りかえそうとして、だんだん深みにはまって行く人間のようだった。それは欲望なのか損得勘定なのか、彼にはよくわからなかった。

そんなある日、信吉は中林六郎の家で歌川スミヨを紹介された。歌川スミヨは三年ほど前に物故した歌川順三という作家の未亡人である。夫が生きていた頃から小説を書いていたが、最近『青い炎』という単行本を自費出版した。子供もないので、これからは小説一筋にうちこむという。中林はその小説の映画化の話を信吉に頼んで来たのだ。

その日、信吉は中林が歌川スミヨに関心を抱いていることに気がついた。中林は『青い炎』を読んで、失礼ながら女にもこれほどの構成力を持った人がいるのかと「驚愕《きようがく》し」、こんな女性が現われては男もウカウカしてはいられないぞと「愕然《がくぜん》」とした、と熱っぽい調子でいった。中林は女に興味を惹《ひ》かれると、やたらと愕然としたり驚愕する癖が昔からあるのだ。

歌川スミヨは背の高い、胴長でなで肩の黙った女だった。中林はだいたい痩せぎすのナヨナヨ型が好きだ。若くは見えるがもう四十に近くはなっているだろう。彼女はうす紫のウールお召を着て中林のお世辞の間うつむいていた。といって、世間知らずとか初々しいといった感じではない。へんに落ちつき払って無表情なのだ。こういう女は信吉が一番ニガテとする女である。こういう女にかかっては信吉の冗談やしゃれは一文の価値もなくなってしまう。得意のオットセイの真似をしたら、この男はアホウだと思いこむようなところが彼女にはある。おそらくその小説なるものもつまらないものにきまっている。

「あなたによって今まで知らなかった女のよろこびを知らされました……」

などというセリフを平気で書く女にちがいない。

『青い炎』！　その題のつけ方をみただけで、大体この女の内容がわかるというものだ……。

信吉は中林から預かった小説を読みもせずに机の上にほうり出しておいた。二、三日して中林から電話がかかって来た。

「どうだい、読んでくれたかい」

「ああ、あれね」

信吉はわざととぼけて答えた。

「あんまり感心しないね」

「感心しない？　どうしてだ」

その声の調子で、信吉は中林の関心の度合いを計った。

「女は女だよ。やっぱり……」

と口から出まかせをいう。

「あの女は男を描けないばかりじゃない、女も描けてないね」

「じゃ、オレと全く反対の意見だ」

「うん、そういうことになるかね」

「今夜どうだい、キムで会わないか」

「うん、行ってもいいが」

「あの小説のどこがいいか、お前にとっくり教えてやる」

その夜、信吉がキムへ行くと、中林はスミヨと一緒に来ていた。信吉はスミヨの小説を読んでいないことをごま化すために、いつもより以上にふざけ散らした。エッ子は息もたえだえに笑いこけた。ほかの女たちもよく笑った。だが信吉の思った通りミヨは笑わなかった。彼はエッ子を引き寄せながら、

「どうだい、エッちゃん、今夜あたり、もうそろそろいいだろ？」

とわざと露骨にいいながら、ときどきスミヨの方をうかがった。

「歌川さん、あなたもこれからいよいよ作家としてデビューして行くんだから、こういう男もよく見ておく方がいいですよ」

中林がそんなことをいっている。中林は死んだ歌川順三を学生時代から尊敬していた。中林のスミヨに対する関心の中には、そういう憧《あこが》れも働いているのかもしれない。

その翌日、信吉は窓の向こうを高速道路が曲がっている安ホテルでわびしく目を覚ました。信吉はエツ子のやって来るのをあけ方まで待っていて、結局、待ちぼうけをくわされたのだ。馴れているとはいえ、目の覚めぎわはやはり気が滅入った。昼近い秋の日ざしの中を高速道路が白く伸びて行っている風景が妙に淋しい。信吉はふと手を伸ばして電話を引き寄せた。どの女にしようかと思う。背広の上着から例の手帳をとり出して、パラパラとくっているうちに、歌川スミヨという名が目に止まった。信吉はベッドにアグラをかいてダイヤルを回した。

「もしもし、歌川でございます」

落ちつき払ったスミヨの声がした。

「スミヨさんですか」

いきなりそういった。

「ぼくです。沼田信吉」

「あっ」

とスミヨは小さく叫ぶようにいった。

「昨晩はどうも失礼いたしました」

「あれから大丈夫でしたか」

「は?」

「いや、中林ですよ。スミヨさんに悪いことをしませんでしたか。ぼくそれが心配でねえ……」

信吉はだんだん気の滅入りが消えて行くのを感じながらつづけた。

「どうですか、これからお暇だったら出ていらっしゃいませんか。昨夜あれから『青い炎』をもう一度拝見し直しましたよ。実をいうとぼく、あんまり熱心に読んでいなかったんですよ。ゆうべ感じるところがあって読み直したんだけど……いや、こんなこと電話でいってるより、是非おめにかかりたいですねえ」

相変らずスミヨは落ちつき払っていった。

「はい、わたくしはどうせ、暇でおりますけど……」

「じゃ丁度いい。ぼくのアパートへ来ていただけますか。外では落ちついて話が出来ない」

「はい。お伺いいたします」

信吉は道順を教え、時間を打ち合わせた。電話を切ると信吉は勢いよくベッドから飛び下りた。そうしてエツ子のことはすっかり忘れて、自分のアパートへタクシーを走らせた。

信吉がアパートへ帰って間もなく、スミヨはウイスキーの包みを持ってやって来た。彼は磊落《らいらく》そうにすぐにその包みを開けて、それを飲みはじめた。スミヨは彼にすすめられるままに飲んだ。スミヨの目のまわりが赤くなって行くのを信吉は見た。スミヨは横ずわりをし、身体をはすに向けて、信吉の冗談に笑った。スミヨはその冗談を面白がって笑っているのではない。彼女は信吉に許しているものがあって笑うのだ。（たとえそれが、小説を映画化してもらいたいという一心から出たものであったにせよ……）信吉はそれを直感した。信吉が女たちの中にいつも嗅《か》ぎ求めている笑いはエツ子のあのけたたましい笑いではない。このたぐいの笑いなのだ。

信吉はスミヨを見た。スミヨは畳に片手をついてクスクスと信吉の冗談に笑っていた。信吉は彼女のくねくねとねじれた長い胴と、その胴と同じようにくねくねしている長い首とを見た。一瞬、信吉の中に迷うものがあった。彼はスミヨにたいして欲望を感じていない自分に気がついていた。どう見てもこの女はオレの好みではない。しかしそう思いながら信吉は、まるで義務のように畳についたスミヨの手に手を伸ばしていた。たいして好きでもない菓子が目の前にある。それほど食べたいとは思っていないのだが、だが菓子は菓子だ。目の前にあれば、つい手が出てしまう。そんな感じだった。信吉はそれを意識していた。意識しながら、いっていた。

「スミヨさんは若いなあ、ぼくは小説についてより、スミヨさんについてもっと知りたいですね、ね、いけないかな」

## 4

季節はもうすっかり冬だった。気の早いクリスマスツリーが立ちはだかっている舗道を、信吉は相変わらず小マメに歩きまわっていた。彼はまだエツ子のために金を使っていた。そうしてときどき、スミヨと会った。

信吉はスミヨと会うことが億劫《おっくう》になっていた。スミヨは黙っているが、しつこい女だった。その上、よく怒る女だった。信吉はスミヨとホテルへ行くたびに、よく眠るといっては怒られ、アクビをしたといってはつねられた。信吉は何度かスミヨとの約束をほごにしたことがある。そのたびにま夜中のけたたましい電話に呼び起こされた。会社や撮影所や打ち合わせ会や、キムにいるときまで電話が追いかけて来た。

「歌川が死んで以来、私は貞女の鑑《かがみ》といわれてましたわ。そんなわたしを堕落させたのはあなたじゃありませんか！」

スミヨにそういわれると、信吉は何といえばよいのかわからない。たいそう理不尽《りふじん》ないいがかりをつけられているような気もするが、それを口に出すよりは出さぬ方が賢明であることを信吉は知っている。何が嫌いといって、信吉は争いごとほど嫌いなことはないのだ。昔から人と争って勝ったためしがない。向こうが悪いことが明らかであっても必ず負ける。負けるくらいなら、最初から争わぬ方が利口なのだ。

年も押し詰まってから信吉は、ついにスミヨと結婚する約束をさせられてしまった。丁度エツ子に最初のハンドバッグを買ってやったときと同じ、夢遊病者のような気分できめてしまったのだ。スミヨは中林先生にお仲人をお願いしましょうよ、といった。信吉はその意見に反対する理由も元気もなかった。

それでもそんな中で信吉はキムへ出かけて行っていた。ある日、信吉はエツ子からお願いがある、といわれた。それは結婚式が、あと四日に迫った夜だった。店が終わって帰るタクシーの中でエツ子は信吉の手をもてあそびながらいった。

「あたし、年内に引っ越したいんだけど……ねえ、沼田さん、権利金貸してくれないかしら……」

エツ子の今住んでいるアパートの近くに、手頃なアパートが新築された。エツ子は年内にどうしてもそこへ引き移りたいのだといった。

「どうしても年内に越せって占い師にいわれたの。そうでないと来年はいいことがないんですって……」

エツ子はいった。

「わたし、どうしてもどんなことをしてでもあすこへ越したいの」

信吉の胸の中はやはり熱くなった。エツ子が「ねえ……」といい出したときから、彼はもう予感していた。そうしてその頼みを拒めなくて、いうがままに金を出してしまうであろうことも。

「よし、二、三日待ってくれ。出来次第、届けてやるよ」

信吉はいった。我ながら元気のない声だった。だが一方で今度こそ、今までのモトが全部取れるかもしれないという気がやはりあった。彼は中林のところへ金を借りに行った。

「呆《あき》れたやつだな、お前は。もうすぐ結婚式じゃないか」

中林は心そこ呆れたようにいった。

「オレはお前にゃ、完全に負けたよ」

明日は結婚式という日の朝、信吉は中林から届いた金を持ってエツ子のアパートへ行った。エツ子はピョンピョンとびはねてそれを受け取り、これからすぐに引っ越しをするといった。

「じゃ、今夜、引っ越し祝いに寄るよ」

信吉はいった。

「いいね。必ず寄るからね」

もう冗談などいっている余裕はなかった。彼は真剣だった。その日一日、真剣に働いた。夜、彼はエツ子の引っ越し先へ出かけて行った。

エツ子は彼がまじめな顔でやって来たといって笑った。彼女は何でも笑いのタネにしてしまう。それが今では信吉には煩《わずら》わしかった。

「もう笑うのはよせよ」

たまりかねて信吉はいった。

「まじめにやろう」

「まじめに？」

エツ子はまた笑いこけた。

「だってそんなことといったって、おかしいわ沼田さん」

「おかしい？　何がだ」

「だって、おかしいんですもの、沼田さんがまじめになると、ふざけているときよりもっとおかしいわ」

信吉とエツ子は押し問答した。エツ子はいった。

「まじめな沼田さんなんて、わたしキライよ」

雨上がりの夜ふけの舗道は凍ってすべりそうだった。彼は放心し、タクシーにも乗らずに一時間もかかってその道を歩いて帰って来た。

その翌日はあたたかく晴れ上がった日曜日だった。信吉とスミヨの結婚式は赤坂のホテルで行なわれた。信吉は寝不足の目で、厚化粧をして派手な訪問着を着たスミヨを見た。中林六郎の妻に手を引かれてしずしずと歩くスミヨは、彼の目にはいつもより五つも老けて見えた。仲人として中林六郎は披露宴の席でこんな挨拶《あいさつ》をした。

「……新郎沼田信吉君は私の十年来の友人でありますが、善良寛大なるその天性の資質と共に、働き蜂のごとくマメなる立ち働きぶりで、東海映画における彼の名声はつとに高まったのであります。今夕の花嫁、この嫋《じょう》々《じょう》と美しき佳人は、淑徳のホマレ高く、かつ才能に恵まれた新進作家でありますが、この佳人を手に入れられるまでの信吉君のマメぶりには、我々友人一同、ただ嗟嘆《さたん》の声あるのみであります。

皆さん、まことにこの世はマメ勝ちの世であります。男っぷり、金、力、そんなものはクソくらえの世の中であります。とにかくマメである者が最後の勝利者です。今夜の花婿のこの自信に輝く顔を見てやって下さい。刻苦勉励、これぞ現代の勝利者の顔でなくて何でありましょう……」

哄笑《こうしょう》の渦の中で、信吉はその丸い顔に微苦笑をたたえてぼんやりと立っていた。ふと彼の顔が引きしまった。眠そうなその目に強い光があらわれた。彼は今、エツ子のことも隣りにいるスミヨのことも忘れて、宴席の入り口に立っている世話係の女の、どことなく誘いやすそうな受け口の口もとに目を止めていたのである。

# ああ　男！

# 1

村松忠治が桃園旅館へ行くと、磐剛平《いわき》はもう来ていて、デコラの大机の真中にもっともらしく原稿用紙をひろげ、削り上げたばかりの五、六本の鉛筆をその上に乗せて、床の間を背に腕組みをしていた。

「いよう！ 待ってたぞ！」

剛平は大袈裟《おおげさ》な声を上げて忠治を迎え、

「ここの旅館はなかなかよう出来とる。理想的やで」

と顔をつき出してニヤリとした。

磐剛平の顔は一口にいって、歌舞伎の赤面《あかつら》の系統に属する顔である。よく上下に動く太い真っ直な眉の下に大きな目玉がギョロリとしている。下浴衣に丹前姿とか、ニッカボッカに毛糸の腹マキというような格好が似合う顔なのだが、元来ニコニコすべからざるその顔が子供のように目を細めてニンマリすると、急にふしぎな哀愁が漂うのである。

剛平は南都映画の社内呼称でいえば一号B型契約者という。社員ではないが専属のライターという意味だ。剛平は喜劇や音楽モノもこなせるところから重宝がられてはいたが何分にも仕事が遅い。そのためアシスタントプロデューサーである忠治は、剛平の仕事がはじまるとプロデューサーの命令で、原稿の清書や鉛筆削りや資料集めなどのために剛平と一緒に旅館にこもらされるのである。

忠治が剛平とはじめて一緒に仕事をしたのは、二年前の「スチャラカ二丁拳銃」というドタバタ喜劇だった。南都映画では急ぎのシナリオのために旅館にこもらねばならぬときは、たいてい世田谷にある会社の寮か、築地《つきじ》の田中という旅館を使うことになっている。築地の田中は制作部長の二号が経営している旅館なのである。しかしそのとき、剛平は自分で探して来たとんだ屋という神田の旅館へ忠治を連れて行った。

「会社の寮みたいなオモロないところでシナリオが書けるかいな」

と剛平はいった。

「ええ映画屋になるには一にも勉強、二にも勉強や。勉強いうても書いたり読んだりやないで。何でも見ること、経験することや。いうならばやね、淋病《りんびょう》にかかることひとつでも勉強やとおもて対決せないかん」

そのとき剛平は初対面の村松忠治になれなれしく「村やん」と呼んだ。

「村やん、君は幾つですか」

「二十七ですが」

「二十七か。君は淋病にかかったことありますか？」

それが剛平の初対面の挨拶《あいさつ》だった。

「君はまさか童貞ではないやろけど、淋病を知らんうちは男は一人前やないですな。淋病ちゅうもんは、そら、侘《わび》しいもんやで。何ともいえん孤独や。あれを経験せんうちはシナリオライターとしても資格が足りんね」

とんだ屋で、剛平と忠治は「スチャラカ二丁拳銃」を五日間で書き上げた。しかし二人がとんだ屋に滞在していた日数は二十日余りでその間、二人は、コイコイをして過ごしていたのである。剛平は定まった住所といってはなかった。三十をとっくに過ぎているがまだ独身で一応、姉のところが寄宿先にはなっていたが、姉の夫のスプリングコートを無断で持ち出して質屋で流してしまったのを最後に、姉の家には帰れなくなっていたのである。

とんだ屋で仕事をしているうちに、忠治は剛平が会社の寮を嫌ってとんだ屋を選んだわけがわかった。とんだ屋は二流の連れ込み旅館が集っている一劃《いっかく》にある。二人が仕事をしている部屋の窓のすぐ目の前に、隣家との境のコンクリート塀があった。日が暮れると、剛平は、

「村やん、あと頼むで。ちょっと頭の体操や」

といって窓から出て行った。庇《ひさし》を足がかりにしてすぐ塀に足が届くので、さして苦労もなく塀伝いに隣の部屋や風呂場が覗《のぞ》けるのである。

　ある夜、剛平が窓から出て行った後、忠治が原稿用紙に向ってぼんやりと煙草をふかしていると、突然、窓の外でドシンという地響がして、隣の犬が盛んに吠え出した。はっと立ち上って窓の外を窺《うかが》うと、隣家からは「百十番へ」とか「泥棒」などと叫ぶ声が聞こえてくる。

「磐さん、磐さん」

　声を殺して呼ぶと、目の前のコンクリートの塀の向うから、必死の赤面《あかつら》がかき上って来た。ものもいわずに窓からとび込み、泥足のまま押し入れから布団を引っぱり出してもぐりこんだ。剛平は風呂場を覗いているうちに夢中になって隣の家へ落ちたのである。

　間もなくパトカーのサイレンが聞え、階下が騒がしくなった。警官が各部屋を調べはじめたのである。警官は二人の部屋の外まで来た。

「こちらは南都映画のシナリオライターの磐先生がお仕事をしていらっしゃるお部屋ですけど……」

　と女中のいう声が襖《ふすま》の外でした。

「磐さん、磐さん」

　警官が呼んだ。剛平は布団を顔から引っかぶったきり、声も出ぬ様子である。仕方なく忠治は、

「はい」

と返事をした。

「何かご用ですか。先生はもう休まれましたが」

すると襖が細目に開き、メガネをかけた警官の片方の目が部屋を覗いていった。

「怪しい者がうろうろしているものですからちょっと調べさせてもらっているのですが、変ったことはありませんか？」

「はあ、べつに……」

「そうですか。いやどうも失礼しました」

警官が去って行ってしばらくすると、階下が急にそうぞうしくなった。「この野郎」とか「こら待て」などと罵《ののし》る声が聞える。忠治が廊下へ出てみると、女中が興奮した顔をして階段を上って来た。

「おさわがせしてすみません。今、ノゾキがつかまったんです」

「えっ、ノゾキ？　ど、どこに？」

「塀に上って風呂場を覗いてたんですよ。いやですわねえ。物置きの後に隠れていたのを今、つかまえたんですわ」

呆気《あっけ》にとられて忠治が部屋へもどると、剛平は布団の上に起き上っていて、入って来た忠治をジロリと見上げた。

「つまり、もう一人おったというわけですな。気の毒に……」

剛平は憮然としてそういった。

2

桃園旅館は国電の高架の近くにある、あまり上等とはいえない連れこみ宿である。

しかし剛平はどうしても今回の仕事はこの旅館でやりたいと忠治にいった。

今度の仕事は千野ジャッキーという今売り出しの十代の歌手を使っての正月映画である。千野ジャッキーのスケジュールに合わせると、どんなことがあってもシナリオの第一稿は十月の十日までに書き上げなければ間に合わぬことになる。

制作部長は忠治が持って行ったスケジュール表を見て、妙な顔をしていった。

「なにもわざわざこんなところへ行かなくったって、会社の寮を使えばいいじゃないか」

「はア、しかし、あんまりいつも寮では磐さんも気分が変らんものですから」

「そんなら田中にしなさい。あすこならサービスもいいし、雰囲気だって悪かないぞ」

「はア、しかし、あまり上等すぎて、ぼくらのような下賤の者は肩がこると磐さんがいわれるんで……」

剛平が桃園旅館を選んだからには、剛平には桃園旅館でなければならぬ理由があるのだろう。忠治は剛平のために懸命に桃園旅館を固執した。

「つまりですね。ここにはアットホームな雰囲気があるんです。磐さんはその、刺身や吸物よりも、ガンモドキとか、わかめの味噌汁が好きでして……」

しかし何のためにそれほどまでに剛平のために尽すのか、忠治自身、その理由がわからぬのである。

忠治は剛平が好きだというわけではない。剛平には傾倒するべき何ものもなく、近親感を感じるには年齢も趣味も性格も違いすぎている。忠治は子供の頃から小心者で、実をいうといまだに童貞だった。忠治が剛平にある威圧感のようなものを感じて、いつのまにかそのいうままになってしまうのは、二十七にもなって童貞であるということのひけ目のせいなのかもしれない。剛平とつき合うようになってからというもの忠治は自分が童貞であることを隠すようになっていたのである。

「ぼくは十六のときと二十四のときに二回、淋病をやってるんや。二回ともヨーチン塗って自分で治したんやけどね。ヨーチンの中へドボリと漬けたときの痛さというたら、ものすごいもんや。鍋に入れられたドジョウなんてもんやないね。生体解剖よりすごいね。そのとき、我ながら思うたよ。ああ、お前はオトコの中のオトコや。ようばかりか、小学校五年のときに真田のエッチャンという姉の友達に失恋して以来、（エッチャンは忠治に向ってはっきりと、「あんたみたいな弱虫キライ」といったのだ）一人の恋人も持ったことがないと知ったら、剛平は何といって忠治を軽蔑するだろう。

やった……とね」

　そんな話を聞くと、忠治の劣等感はますます深まる。自分がまだ女の身体を知らぬ

「村やん、あんたは幾つのときに女を知ったんや？」

剛平にそう訊《き》かれたとき、忠治は思わずどもってウソをついた。

「ぼ、ぼくですか。十……十八のときです」

「十八か。年上の女？」

「は、はア、……エッチャンという……姉の友達で」

とついいってしまった。

「エッチャンか。悪うない名前やな。エッチャン……」

剛平は料理の味でも吟味するように、エッチャン、エッチャンと舌の上で転がし、

「どや、いっぺん紹介してんか」

これには忠治は全く驚いてしまった。いや、驚くよりも困った。

「し、しかし、すでに、レッキとした人妻ですから……」

「かまへんやないか。今でもつきおうとるんやろ？」

「いや、今はもう、きっぱりと手を切りました」

「そうか。そら残念やな」

剛平は心から残念そうにいうと、

「それで？　そのあとは？」

としつこく訊く。

「は？　あとですか……そのあとは……」

いいよどむ忠治を見て、

「何や、赭《あこ》うならんでもええやないか。オレの知ってる女か？」

「いや、そんなわけじゃないんですが、その、あちこちで、少しずつ……」

「少しずつか……こりゃ、オモロい」

剛平はよろこんだ。

「君はときどきオモロい表現を使うねえ。君はあれやろ、年上の女に可愛がられるやろ？　いつでも据え膳据えられて食うとる方やな」

剛平は急にもっともらしい顔になっていった。

「けど、男は女をくどくようにならんとあかん。据え膳くうて喜んどるようじゃ一人前のオトコとはいえんよ。くどいて、ふられるんや。このふられるちゅうことが大事やな。ふられてこそ男は一人前。君はくどいた経験がないやろ、まるで童貞みたいな顔してからに。あかん、あかん」

それ以来忠治は、情痴小説や艶笑随筆を一生懸命に読んでは、

「しかしぼくは痩《や》せた女がいいですね。痩せてる分には、どんなに痩せてていい。肥った女はどうも鈍感だ」

などと知ったかぶりをしてみせるのである。

二人が桃園旅館に落ち着いた夜、プロデューサーの植松がやって来た。

「なんでこんな連れ込みにいるんだ」

植松はにがにがしい顔をして、じろじろと部屋を見まわした。

「今度は早いとこやってもらわんと困るで。十一月十日にはクランクインしたいんやから。実際、君ら二人がよるとロクなことをせんからな」

「ま、そういわんと、飲もや」

剛平は早速、ビールを注文した。植松が来ると必ずいつも酒になる。剛平は酒を飲まして、仕事の遅れをごま化すのである。酒がはじまると朝までつづく。こんなときも、忠治は自分が酒に弱いことにひけ目を感じずにはいられない。忠治は飲みたくもない酒を無理やりに流しこみ、そうして便所へ吐きに走り、座布団を縦に並べた上にぶっ倒れ「どないした。にいさん、しっかりしいや」といわれながらどうすることも

出来ない。

「今度のは一口にいってメルヘン風のミュージカル仕立《じたて》ということだがね。ところどころドタバタを入れて笑わせてほしいんだ。それにそこはかとなきお色気を加味してだね。ロマンチックに、センチメンタルなところはうんとセンチに。涙あり、笑いあり、歌あり、踊りあり。そうだ。アクションものの要素も取り入れて、スピーディにもって行きたいな。いうならばだね、ショートケーキとバラの花とキノコ細工のピンクの部屋を、西部劇の若者が拳銃を打ち鳴らしながら、颯爽《さつそう》と馬で駈けぬけて行く……。砂煙と硝煙が消えるとだな、美しい春の野がひろがっている——咲き乱れる花、囀《さえず》る小鳥……ちゅう工合だ。ま、いわばそういうもののミックスだ。わかるか？」

「わからん——」

剛平はあっさりという。

「植松ちゃん、あんたのいう通りのもん作ったら、何が何やらわからんものが出来まっせ。そんなことより、ニューフェイスを一人、使うたらどやろ？」

「ニューフェイスか……あんたの考えてることはいつもニューフェイスのことばっかりだね」

「ええ子を見つけてあるのや。ジャッキーに惚れる女をもう一人ふやしたらどうやろ。田舎娘で純情可憐……」

「誰だい、そのニューフェイスってのは」

「今年の春のニューフェイスや。そらええでエ。純情一路や。笑い顔のあどけない色気は絶品やな」

「君の絶品はアテにならんからな。とにかく誰だ。名前をいってみろよ」

剛平はもったいぶってちょっと間を置いた。コップのビールを一口飲み、おもむろにいった。

「葉田和子——どや？」

忠治はギョッとした。思わず身を起して、

「葉田和子？」

と夢中で訊き返していた。

「あの子に目をつけてるんですか、磐さん——」

剛平はニヤリとした。

「あれはええ子やで。乳くさいところ、どことなく野暮ったいところ、しろうと臭いところがええのや」

剛平は植松に向って身を乗り出した。

「葉田和子を漁師の娘で海女《あま》にするんや。短い腰マキひとつだけで海へ入れる。サカサになって水に入る。腰マキの下はノーパンツや。水から上ってくると、腰マキがぴったりと尻についてやね、ワレメの形までくっきりと……」

「そんなバカな……」

忠治はむきになった。

「駄目ですよ、磐さん。最初のプロット通り進めなきゃ、出来上りが遅れるばかりです」

剛平は忠治にはとり合わず、植松に向っていった。

「どや、植松ちゃん、エエやろ、エエと思うやろ」

忠治はいった。

「葉田の裸なんてイミないですよ。平凡な身体だ。何の個性もない。オッパイだって小さいし……」

「アホやな、君は。ボエンボエンばっかりが裸の魅力やないで。ストリップ見に行ってみい。ボエンボエンならいくらでもいよるが。女の裸には金出して見る裸と、風呂のフシ穴からのぞく裸とあるのや。和子の裸はフシ穴から見る裸や。トナリのねえちゃんの裸や。男にはそこにそそられるキモチちゅうものがあることがわからんか？」

剛平はいつにない熱心さで植松にいった。

「どや？　植松ちゃん、そんならいっそのこと、ジャッキーをとりまく女を五人にするんや、五人目の女は楠木待子でどや？　モダンバレーの踊り子にする。これ、いけるで……」

剛平は植松プロデューサーが、以前から楠木待子に目をつけていることを知っているのである。

3

翌日、忠治は憂鬱に閉ざされて目を覚ました。時計を見るともう昼近い。

——剛平が和子に目をつけた……

そのことが二日酔いの頭に重くのしかかっていた。剛平の手が早いことは撮影所でも有名である。剛平は一度でも関心を持った女を、決してそのままにしておくことはない男だ。成功してもしなくても、いつか必ず手を出す。剛平の強味は「ふられてモトモト、出来てもうけもの」という考え方が出来る点にあるといわれている。

忠治が葉田和子と知り合ったのは、五月に催された創立二十周年記念のパーティーで、和子が接待役をつとめていたときである。和子は淡い空色のワンピースを着て、長くも短くもない髪を耳の下で内側に巻いていた。忠治が彼女に話しかけてみる気持になったのは、ぼっちゃりした下ぶくれの顔だちのその平凡さのためだったにちがいない。彼女は女優というよりは、中小企業の女事務員が、友達の結婚式へやって来たときのようだった。

「どうですか、飲みませんか」

忠治は和子にそういった。いいながら彼女が胸につけている桜の造花の下の名札を見た。

「わたし、飲めませんの。それに今日は接待役ですから」

彼女はかすかに残っている関西なまりで答えた。

「どうぞ、おつぎしますわ」

和子はその四月に南都映画がとったニューフェイスの一人だった。和子は演技座の俳優養成所へ他のニューフェイスたちと一緒に毎日通っていると話した。和子は本当は自分から映画女優になりたいと思って南映に入ったわけではないのだといった。撮影所関係のさる人が彼女を見て強引に連れて来た。彼女の故郷は奈良県だが、彼女は撮影所関係の「その人」が、ロケハンに奈良へ来たとき土産もの屋で働いていたのだ。

忠治はその「その人」の名前を訊いたが彼女は笑って答えなかった。「あんまりえらい人やから」と小声でいって笑った。彼女は笑うとき、上目づかいに相手を見て、大しておかしくもないのにクックックッと笑うのが癖だった。年を聞くと「十八」と答えて、また意味もなく笑った。

その後、忠治は撮影所で和子に会った。和子は三ヵ月の養成期間を終えて、エキストラと一緒に空襲の中を逃げまどう女学生の役で出ていたのである。

カスリのモンペは和子に大そうよく似合っていた。忠治がそういうと和子はまた、例の笑いかたで笑った。忠治は食堂で和子にオムライスとコーヒーをおごった。和子がオムライスが好きだということを、忠治はいかにも和子らしいとほほえましく思った。和子は川崎で個人タクシーの運転手をしている兄の家に厄介になっているのだといった。

「お父さんはわたしが女優になったんで、まだ怒ってるの」

彼女の父は市役所の清掃課の課長をしているのだ。

「自分だってたいした仕事してないくせに」

そういって彼女はまた笑った。

忠治は撮影所に用事が出来るたびに、和子に会えるかもしれないと思って出かけた。そのうちに用がないときでも、無理に用を作って出て行くようになった。剛平から貰《もら》ったダンヒルのライターを、俳優課長へのお中元にするようにと和子に渡したりもした。そして和子が何の遠慮もせずに素直にそれを受け取ったことで忠治は幸福になるのだった。

晴れ上った十月。窓の向うの高架線を、オレンジ色の電車が走って行く。空は珍しく青く澄んで、高架線の向うのクリーニング屋の看板がいやにはっきり読める。

「村やん、なにぼんやりしてるんねん。ちょっと手伝うてんか」

剛平の声がした。気がつくと植松の姿はもうない。いつのまにか剛平は寝まきを服に着かえ、ズボンのバンドに金槌《かなづち》やナイフをはさんで押入の上段から顔をつき出した。

「ここの天井板を外《はず》すんや。今に電車が通るから、ガーッと来たら力まかせに押し上げてくれ。バリバリ音がするさかい、電車が通っている間にはがさなあかんのや」

忠治は立ち上って行った。

「いったい何をするんです」

「とにかくここへ上ってくれ。今にええもん見せてやるから……」

剛平はいった。

「そら、電車が来よった。今や……」

忠治は剛平と並んで力いっぱい天井板を押し上げた。

「そら、もう一枚……よっしゃ、オッケイ」

剛平は天井板を外した穴から、上半身を天井裏につっこんだ。

「だいたいにおいてやな。こういう旅館は押入の隣で床の間が背中合せになっとるもんや。ほれ、この板、これが隣の床の間の天井板いうわけや」

剛平は隣室の天井板をナイフの先でこじあけ、馴れた手つきで開いた隙間に消しゴムをはさんだ。

「どや、みてみい」

その隙間に目を寄せると、隣の部屋の真中から床の間よりの畳が大体、三角形に見える。剛平は忠治を見てニヤリとした。

「これであとは客の来るのを待つだけや。村やん、すまんが下から雑巾取って来てんか。風呂場の横の戸を開けたら、バケツと一緒に雑巾が入ってるわ。それでこのへんのホコリを拭いてな、ビールとツマミを運んどいてんか。それがすんだら昼飯にしよ」

忠治はいわれるままに部屋を出た。剛平がニタリとすれば忠治もニタリとする。剛平が時計を見れば、

「早う客は来んかな」

などといってみる。忠治の胸は轟いているが、それを剛平に気取られたくはない。こんなことは、単なる暇つぶしの楽しみにすぎないというような枯淡の顔つきでいなければならないのだ、と忠治は自分にいいきかせているのである。

忠治が雑巾を持って部屋へもどってくると、剛平はいきなり口に指を当てて忠治を

制した。

「客が来よった。今、風呂へ入りに行った」

そういうなり剛平は急いで帳場へ電話をかけた。

「何でもええわ。早いとこ食うもん持って来てんか。え？　すし？　すしみたいなもん時間がかかってどもならんな。あ、パンでええ。パンにジャムとバター。それで結構。焼かんでええよ。とにかく早いとこたのむ」

電話を切ると剛平は忠治にいった。

「君、早いとこ着かえとけよ。埃《ほこり》だらけになるからな。浴衣を汚すと女中にあやしまれる」

忠治が急いで着かえていると、女中がパンと紅茶を持って入って来た。

「あらまあ、今朝からまだお布団を上げていませんのね。召し上る前にちょっとお掃除をしましょう」

「いらん、いらん。掃除なんかいらん。それより、早う、めしやめしや」

「まあ、磐先生の忙しいこと。お出かけですの？」

女中は悠長にぺったりと坐って紅茶をいれながらいった。

「今、メダマ焼き作ってますの、せいぜい精をつけていただこうと思いましてね、オホホ……」

「メダマ焼き？　そんなもんいらんわ。早うそのパンくれ。それで君はもう下がって
よろしい」

「ご挨拶だこと。この前のときと大分ちがいますのね、先生」

「何や、おかしなこというなよ。この前のときて何やねん」

といきり立ったのは、女中を早く追い出したいためにほかならぬのである。

「おお、こわい。じゃメダマ焼き見て来ますわね」

女中は小走りに廊下を走って行った。階段を足音が上ってくる。男と女の声が何か
いって低く笑っている。剛平と忠治はパンを頬張った顔を見合せた。剛平は食べかけ
のパンを片手に立ち上る。

「磐さん、メダマ焼きが来ます」

「なに？　メダマ？」

剛平は舌打ちをした。

「オレは急用で外出や。メダマは君にやる」

そういうなり剛平は押入に上り、中から襖を閉めた。

「あら、磐先生は？」

メダマ焼きを持って女史が入って来た。

「急用で出かけたよ」

「さっき、君が下へ行ったすぐあとだ」

「まあ、呆《あき》れた。逃げたのね。きっと」

女中はメダマ焼きを机の上に置いて、ぺたんと尻を畳につけて坐った。

「磐先生たら、ほんとにいやらしい人ねえ」

急に馴れ馴れしい口調になって女中はいった。

「女を見ると必ずチョッカイを出すのよ、あの人ったら、おつゆのお椀をこうして出してるでしょう。そしたらいきなりこうですもの……ここへ手をつっこむのよ。騒ぐとおつゆがこぼれるから、どうしようもないのよ」

若作りに粧っているが、女中はどう見ても四十を越している。ずっと若い頃は可愛い顔をしていたかもしれないが、今は丸いやや離れた目のまわりがくろずんでたるんでいる。

「あたしの経験じゃ、なんだわねえ。ご面相のパッとしない男ほど厚かましいわねえ。これ、どういうことかしら？」

押入の中はコトリとも音がしない。

「お客さんは若いねえ。二十四？　五？」

「七だよ」

「まあ、いつ？」

「まあ二十七」

女中は流し目をした。

「若い人っていいわねえ。清潔でまじめで……あたし、一生に一度でいい、童貞の人とねてみたいと思ってるのよ」

「じゃ、ぼくは駄目だ。資格がない」

すると女中はいった。

「あらまあ、あんなこといって！　お客さん、童貞でしょ。あたしにはわかるのよ。あたし、絶対、それ見ぬく自信だけはあるのよ」

やっと女中が部屋を出て行くと、赤面《あかつら》を仁王のように染めた剛平が押入から出て来た。満面玉の汗だ。

「チクショウ！　あのしゃべりアマ……ドアホ！」

忠治はいった。

「それよりどうです、隣の工合は？」

「それがあかんのや。失敗や。女中のやつ、布団を向うの壁よりに敷きよったんや」

「じゃ、何も見えないんですか」

「さわいどる声が聞えるだけや。いきなりサルマタがパーッと飛んで来よって……人バカにしやがってからに、しようないから出よと思ったらあの女や。出るに出られず、のぞいても見えず、鼠は走りやがるし、暑さは暑し……」

思い出したように剛平はいった。

「メダマ焼き、どこや？」

「ぼくが食べましたが」

「なに？」

「君にやる、といったじゃないですか」

剛平は仰向けにひっくり返ってしまった。

4

翌日、植松プロデューサーがやって来た。

「磐ちゃん。駄目だよ。女はやっぱり三人だ」

植松は部屋へ入って来るなり、せっかちにいった。

「葉田和子は正月の添え物を撮ることにきまった。プロデューサーは……びっくりするなよ。虎島助雄だ」

「なんやて！」

剛平は叫んだ。

「スケ虎か？」

「もう十代の性典だ。加島七郎がホンを書くそうだが、こりゃ、裸にさせられるね」

剛平は腕組みをした。虎島助雄は南都映画の契約プロデューサーで、撮影所長よりも強い権力を持っているといわれている。映画界随一のワンマン社長といわれている片山社長が、どういうわけか虎島のいうことだけはよく聞く。撮影所長が持ち出した台湾ロケの話を、金がかかるといって一喝した社長が、虎島からいわれると一も二もなく話を決めたという話がある。虎島はかつて脱税問題で片山社長の身代りになったことがあったという噂もあるし、社長の愛妾の古手の始末を一手に引き受けて恩を売っているという噂もある。

忠治は暗澹《あんたん》として剛平を見つめた。虎島が無名の和子を主役として正月映画を制作するということは、剛平が和子に関心を持っていること以上に、忠治には心配なことだった。和子が話していた「撮影所関係のさる人」というのは、おそらく虎島のことだったのであろう。

「もうデキとんのかな？　……いや、まだやろ……」

腕組みをしたまま、シナリオを考えるときにもしたことのない考え深げな表情で剛平はいった。

「スケ虎が躍起になっとる段階やろな。和子はそんな簡単な女やない」

忠治はほっと救われた。医者に向って患者の容態を聞く身内の者のような気持で、忠治は剛平にいった。

「しかし花川スミレのときは、関係が出来てから売り出しはじめたんじゃなかったんですか?」

「ありゃ、花川も悪い」

剛平はいった。

「花川ははじめからその気やったんやからな。あの女と和子とはぜんぜん女がちがう」

植松はニヤニヤしながら剛平を見ていった。

「さかんに希望的観測というのをやっておられますな。磐センセイ、今回は本気がまじっているのかね」

「オレは正義の士やで。カネで女をからめとる男は許せんのや」

剛平は真顔でいった。

「虎島はワルや。ほんまにワルや。和子をあんな奴に破らせるわけには行かんよ。同じ処女を失うなら、この磐剛平の方がずっとええ筈《はず》や」

植松は茶化した。

「そいつはどうかな。五十歩百歩じゃないのかな」

「オレはな、淋病はやっとるけど、バイドクはないぞ。スケ虎はありゃ、バイドク持ちや。オレはちゃんと知っとんのや。バイドクはペニシリン軟膏で治らんもんやろかと、オレにそうっと聞きよったことがあるんよ」

忠治は用事を思い出したといって剛平と植松を部屋に置いて旅館を出た。撮影所の演技課に電話をかけると和子は村雨組のセットに出ているという。忠治はタクシーを撮影所へ走らせた。撮影所の第五ステージへ行くと、うす暗いキャバレーのセットの片隅で、二、三人のし出しと一緒に和子がアンパンを食べていた。うす汚れた桃色の、身に合わないドレスを着ている。忠治が声をかけると和子は立って来た。

「撮影は？」

「さっきからもう一時間も待ってるのよ。松林先生がまだなの……」

「ちょっと、お茶でも飲みに行かない？　話があるんだ」

「でも、今出たら叱られるわ……」

「じゃ、こっちへおいで」

忠治は和子を酒棚のセットの後へ連れて行った。

「虎島さんのプロデュースで撮《と》るんだって？　正月用のエスピーに……」

「おかげさまで」

和子は上目づかいに忠治を見上げ、目だけで笑った。

「性典ものだけど、一生懸命やります」

「しかし虎島さんは注意した方がいいよ。花川スミレの例もあるし。女優はゴシップには本当に注意した方がいい。そのことをいおうと思って来たんだよ」

和子は何もいわず、忠治を見上げて素直に肯いた。

「虎島さんは……何か……君にしかけたりしてない？」

和子は無邪気にいった。

「しかけるって？　何を？」

「つまり、くどいたりしていないかっていうんだよ」

「くどくって……どんなふうにすることかしら？　洋服を作ってあげる、っていわれたけど……」

「洋服を？」

「来月に入ったら、本が出来るから、そうしたら、そろそろ芸能誌なんかのインタビューに出たり、写真を撮ったりしはじめるっていうの、そのときに着る服を作ってあげるっていわれたんだけど……でもどうせ、会社のお金でしょ」

「気をつけた方がいいよ。食事に誘われたときは注意するんだよ。ああいう連中は女優は何でも勉強しとかなくちゃいかん、なんていって、いろんなところにつれて行こうとするからね」

「でも、あたし、いろいろ知りたいわ。あたしまだ、何も知らないんですもん」

「行くときは誰か友達を連れて行くんだよ。買収されて先へ帰ってしまったりしないような、かたい人を選ぶんだ」

和子は突然、クスクス笑った。

「村松さん、心配ご無用よ。あたし、これでも村松さんが思っているよりはもう少ししっかりしているつもり。つまらない噂なんて何とも思わないわ。自分さえ正しければいいんですもの。そんなこと気にしていたら、とても一人前の女優にはなれないと思うのよ」

「しかしぼくは心配なんだよ。何といっても君は世の中をまだ知らない。四月に入ったばかりの無名の女優で、天下の虎島プロデューサーが一本作るということが、どんなに驚くべきことか君にはわかっちゃいないんだ。失礼だけど、君にそれだけの演技力があるとはいえないしね……虎島は相当強引に話をきめたにちがいないよ。虎島をそこまで強引にさせたものは何か……」

するとと和子はちょっと考えるように首を傾けた。

「そうねえ、何かしらん？」

忠治は興奮していった。

「君がほしいんだよ。君を自由にしたいんだ、それにきまってる」

「そうかしら？」

和子は今度は反対側に首を傾けていった。

「でもあたしみたいな女に、そんな値打ちがあるの？　勘定に合うのかしら？　そんなことして……」

忠治は和子と別れて桃園旅館に帰って来た。植松はもう帰り剛平がうす暗い部屋でひとりぽつねんと机に向っていた。

「どこへ行ってたんや」

「ちょっと制作部に用があって……」

忠治は電気をつけた。机の上の原稿はさっきから一枚も増えていない。

「はかどりませんねえ、磐先生」

「オモロないなあ、村やん」

剛平は床柱にもたれ、疲れたような低い声でいった。

「オモロない世の中やなあ、そう思わんか？」

「どうかしましたか磐さん。今どき世の中をオモロいと思て生きてる人間なんかいないんじゃないですか」

実際、この世の中には面白いことがあるだろうなどと、生れてから今日まで忠治は一度だって考えたことがない。

「昔の軍人は生きとるのがオモロかったやろなあ」

剛平は床柱にもたれて懐手《ふところで》をしたまま、窓の外へ目をやった。

「昔の政治家もそうやったやろな」

剛平はいった。

「知っとるか、村やん。昔は姦通罪ちゅうもんがあって、人妻と関係した男は訴えられると監獄へ行ったんや。昔ちゅうても、ぼくらが子供の頃はまだそうやった。どや？　オモロい時代やったと思わへんか？　その頃に人妻とやってみい。こら必死やわ。生きるか死ぬかや。その頃はきっとオモロいこと、いっぱいあったんやろなあ……」

忠治は何と答えていいのかわからない。気をとり直したように剛平は急に立ち上るといった。

「さて、風呂へでも入ってくるか。それから仕事や、仕事や」

剛平は部屋を出て行った。間もなく階段のあたりからいつもの剛平の大きな声が聞えて来た。

「おせっちゃん、背中流してんか。え？　いや？　なんでや？　ええやんか、悪いことせえへんさかい、ちょっと流してえな……」

# 5

忠治は植松からの電話で、遅くとも明日の夜までに第一稿を上げるよう、剛平にハッパをかけろ、と叱られた。

「女の話ばかりしてないで、仕事をさせろよ。明日の夜、ぼくが行ったときに出来てなかったらクビだぞ！」

しかし剛平は忠治からそれを聞いてもどこ吹く風でいった。

「村やん、今夜はゆっくりノゾきまひょ。ええこと考えてあるんや」

剛平が考えたことというのは、客が来て風呂へ入りに行く、その間に女中が布団を敷くが、女中が部屋を出て行ったら、すぐにとび込んで行って布団を床の間寄りに引っぱっておくというのである。

「もし途中で客がもどって来たらどうします」

「そこをすみやかにやるんや。村やん、君は大学時代、サッカーの選手やったんとちがうか？」

「ちがいますよ。ぼくは運動神経はダメな方なんです」

「そうか。しかし考えてみたら布団を引っぱるぐらい、サッカーが出来んでもええわな」

「冗談じゃないですよ、磐さん、ぼくはイヤですね、そんなコソ泥みたいなこと」

「そういうなよ、映画屋いうもんは、何でも出来なあかん。とにかく今夜は早いとこ飯をすませとこ」

剛平は帳場に電話をして食事を頼んだ、食事をすませると、二人はジャンケンをした。どっちが布団を引っぱりに行くかのジャンケンである。剛平が負けた。

「オレか、しゃアない、やるわ……その代り、君、天井の拭き掃除して、ビール運んどいてくれや。タバコはあかんで。隙間から煙が出て行きよる」

二人はコイコイをしながら客を待った。階段を足音が上ってくるたびに顔を見合せた。足音は隣室を通りこして向うの部屋へ入って行く。次の客が来た。今度は隣室へ入った。剛平はおもむろに立ち上った。

「村やん、君は押入で偵察してくれ。合図してくれたらすぐに行く」

忠治は急いで押入に上った。隙間に目を寄せて覗いた。例の女中が敷居のところに立っている。

「お食事になさいますか、お風呂もあいてますけど」

男は四十がらみの小男で、メガネをかけて女中の方を向いている。女は窓から外を見ているのか、トックリ型の膝から下が見えるだけだ。

「風呂にしよう。飯はいらん」

男はいった。

「二時間ほど休んで帰るよ」

女中は風呂場のありかを教えて部屋を出て行った。男と女は浴衣に着かえてはんてんを着た。よほど親しい間柄なのか、それとも全く親しくないせいか、二人とも黙ったままだ。男の後から女が出て行くと入れかわりのように女中が入って来た。

忠治が立っている押入の足の下は隣室の押入になっている。

女中は忠治の足の下から布団を引っぱり出して真中に敷いた。少し位置が向う寄りなので半分しか見えない。女中の足が枕の位置を直すのが見えた。

「行ったな？　大丈夫やな？」

下から剛平がいった。

「やっぱり向う寄りか？」

「あれじゃ半分しか見えませんよ」

「よっしゃ……待っててくれ」

覗いている忠治の目の先に、剛平はすぐにあらわれた。布団の真中へんを持って手前へ引っぱった。

「どや？」

「よく見えるけど、それじゃああまり不自然に寄りすぎてて、怪しまれませんか」

剛平は今度は布団の向う側に廻って中腰で引いた。

「どや？」

「いいです。あッ！」

忠治は天井で叫んだ。

枕もとに置いてあった水さしを剛平が蹴とばしたのだ。水が畳を流れ、布団の下へ浸みて行く。拭くものがないかと剛平はあわててまわりを見まわした。部屋には水を拭けるようなものは何もない。

剛平はとっさに水の上に坐りこんで、ズボンの尻に水を吸い込ませようとこすりつけた。それから着ていたポロシャツを脱ぎ、それでそのへんを拭くと大あわてで部屋を出て来た。

「ああ、びっくりしたで」

剛平のズボンの尻からは、水がポタポタと垂れている。剛平は浴衣に着かえた。隣室の二人は風呂からもどって来た気配である。剛平は大急ぎで押入に上った。

「村やん、はよ来いや」

忠治が押入に入ろうとすると、剛平はものもいわずに出て来て黙念と机の前に坐った。

「どうしたんです、磐さん」

「あかん！」

剛平はいった。

「あの野郎、これからちゅうときに電気を消してしまいよった」

その夜、剛平と忠治は徹夜で仕事をした。アシスタントプロデューサーというものは、原稿の清書やプロデューサーとの連絡や鉛筆削りや買物などに出かけるのが仕事である。しかし剛平は平気で、いつも忠治に原稿書きの手伝いをさせる。

「さくら座の舞台。スポットを浴びるジャッキー。乱れ飛ぶ、テープ。花束。人形。呆然《ぼうぜん》、直立して涙ぐむジャッキー——。客席、適当に」

忠治はこの「適当に」の箇所に情景を埋めさせられるのだ。

「舞台裏、適当に」

「ラブシーン、適当に。但し、ヘソまでにとどめておく……」

という調子である。

朝の六時にやっと原稿は出来上った。剛平と忠治は何もかも忘れて倒れるように眠った。二人が植松に起されて目をさましたのは午後の四時である。

「思ったより早く出来たな。今、ざっと読んだよ」

植松はいった。

「監督の都合で、今夜、企画本読みをしたいというんだ。お疲れだろうけどもう一晩、頑張ってつきあってくれよ」

「どこでやるんや？」

「監督が家でやってくれっていうんだ、月光《ムーンライト》で大阪へとぶんで、十一時には終りたいっていってる。どうだ、これから白水飯店で飯でも食って、それから行こうじゃないか」

「そうやな、白水飯店は悪うないね、あすこに一人、エエ子がいるんや」

剛平は勢よく立ち上り、それから気がついていった。

「村やん、すまん、ズボン貸してんか」

「エッ」

「それからすまんが、ポロシャツも」

剛平は植松に聞えぬように小声でいった。

「なんぼなんでも、本読みにあんなズボンはいて行けんもんな」

## 6

忠治は久しぶりで撮影所へ出かけた。剛平との仕事が終ったあと、京都の撮影所へ出張し、帰って来てからロケハンについて松島へ行かされた。いつか、桃園旅館をぬけ出して和子に会いに撮影所へ行ったときは、和子は安キャバレーのセットで、ホステスのし出しに出ていた。あれは十月のはじめ頃だったから、あれからもう一ヵ月経《た》ったわけである。

その一ヵ月の間に和子の日常は急変していた。和子の写真はスポーツ芸能紙や女性週刊誌などに出はじめ、誰にも親しまれる清純スターというキャッチフレーズで宣伝活動がはじまっていた。和子主演の「みどりの性典」という青春セックスもののクランクインは十一月十二日からだと、演技課の黒板に書いてある。

忠治は和子に会いたいと思ったが、和子をつかまえることは以前のように簡単ではなかった。和子とニューフェイス仲間である滝川麻は忠治に聞かれると、

「衣裳の仮縫、ポスターの撮影、記者会見、それから虎島プロデューサーとのご会見……いろいろとお忙しいのよ」

と意味ありげにいって、走って行ってしまった。

忠治が宣伝課へ行くと、丁度、和子と虎島の噂が話題になっている最中だった。このところ虎島は和子につきっきりで、昨日の記者会見も、ポスター撮影のときもずっと一緒にいたのは普通でないというのである。

「裸だけはかんにんと泣いた葉田和子」

「男のひとって、なぜ女の裸が好きやのん？」

などという見出しで、和子の写真をのせたスポーツ芸能紙が机の上にひろがっていた。

「泣かされるよ。全く。どうにもこうにも撮りようがなくてね」

カメラマンの横田が宣伝課へ入って来て言った。

「かたくてねえ、不器用なことったら話にならんね」

「葉田和子だろ？　ありゃどうしようもねえよ」

「我慢しろ。今にトラさんが仕込んでくれるさ」

「もう仕込みははじまってるんだろ？」

「さあな、まだデキとらんだろ」

「いや、デキとるね。昨日の記者会見のときオレはそう見たよ」

忠治は宣伝課を出て和子を探した。顔見知りの芸能記者が和子は中央花壇で週刊誌のグラビア撮影をしていると教えてくれた。中央花壇へ近づいて行くとコバルトブルウに白い裾飾りをつけた短い服を着た和子が、黄色い小菊の中に立っているのが見えた。和子は近づいて行った忠治を見て恥ずかしそうにニッと笑った。カメラマンがポーズをつけたが、和子はカメラマンを満足させるようには出来ない。カメラマンがたてつづけに舌打ちをするのを忠治はいたたまれぬ思いで聞いた。

撮影の合間をみて忠治は和子に話しかけた。

「時間とれない？　話があるんだよ」

「このあと、仮縫いなの、三時間はかかるわ」

「じゃ夜は？　飯でも一緒にどう？」

「そうねえ、あとで連絡しちゃいけない？」

「いいよ、じゃ、宣伝課にいるからね」

忠治は宣伝課に六時までいた。しかし和子からはとうとう連絡がなかった。和子は虎島の車に乗ってどこかへ行ってしまった、とさっきの芸能記者が来ていった。

「ひどいもんですよ。田舎者はあれだからイヤんなるねえ。少しは人目をはばかってもらいたいな。今はまだ、女優としての評価を受けていないんですからね」

「しかし、本当なんですか、彼女と虎島さんとの噂は？」

「ぼくは単なる噂だけじゃないと思いますね」

「しかし、彼女は本当に何も知らないんじゃないですか。ホントの田舎娘でね。あんな風に虎島がいろいろすることのイミがわかってない。人の目にどう見えるかもわかっていない。そのために誤解を受けてるんじゃないのかなア」

宣伝課の社員がそういったとき、忠治は少し胸が晴れた。その社員をいい人間だと思った。がすぐに芸能紙の記者がいい返した。

「マンションを借りたとか借りるとか。その金も虎島が出すんでしょう」

忠治は鬱屈《うっくつ》した心を抱いて撮影所を出た。うす墨色の空を暗い雲が流れていた。突然、わけもなく忠治は剛平に会いたくなった。剛平はまだ例のシナリオの直しが上らないで目黒の旅館にこもっている。忠治が旅館へ行くと剛平は、十一月だというのに浴衣一枚でビールを飲みながら、

「いよウ！」

と嬉しそうに迎えた。

「会いたかったで、村やん。どないしとったんや」

そういってから剛平は、ニヤリとして声をひそめた。

「ここええで。うまいこと行っとるんや。布団も丁度ええとこに敷きよるしな……」

「相変らずやってるんですか？　ひとりで？」

「あとで君にも見せてやるよ。ここは昼間はあんまり来んのが欠点でね。ま、久しぶりや、今夜は大いに飲もやないか」

二人はビールを飲みはじめた。忠治は葉田和子の話題をもち出した。

「撮影所ではもうみんな、スケ虎さんと関係があるようにいってますね」

「そうか。しかしオレは信じへんね」

剛平は自信たっぷりにいった。

「スケ虎がモノにしようとしているのはたしかやろ。しかしあの子はそう簡単には行かんね」

「そうでしょうか」

「そうや。オレの目に狂いはないね。処女か処女でないか、歩き方見たらすぐわかる。花川スミレのときなんか、長いこと皆は欺《だま》されとったが、オレの目は欺せなんだね」

「そんなもんですかね。では磐さんのニラミでは和子はまだ……」

「生娘や、バージンや」

剛平はおごそかにいった。

「この間、テレビを見とったら、出て来よったが、あの子はアカン子やな。女優になるのはムリや。なんであんな子を売り出すことに監督が賛成したのかわからんね。しかし、それとは別のイミでやな、あの子はええ。あの子に男の味を覚えさせてみい。ええ女になるでエ」

忠治は少しずつ胸の鬱屈が取れて行くのを感じた。忠治が剛平に会いたくなったのは、この言葉が聞きたかったからなのにちがいない。忠治はもうひと押し、はっきりした安心をつかみ取りたくていった。

「では磐さん、もし賭をしようといわれたらいくら賭けます？」

「おう、なんぼでも賭けたるで。五万でも十万でも……」

「本当ですか」

「村やん、オレが三十六歳の今日まで独身でいてやな。いったい何人の女とやったと思とるんや？」

剛平はいった。

「はばかりながら磐剛平、シナリオは二流やが、女を見る目にかけては日本一や」

「いや、おそれ入りました」

忠治はすっかり心が開けた。明日にでも和子をつかまえて結婚を申しこもう——そう思った。虎島も剛平も手出しをしないうちに自分のものにしてしまうんだ。個人タクシーの兄に正式に申しこんで、結納金を渡してしまう——

廊下に人の気配がした。桃園旅館とちがってひそやかな気配なのは、廊下にカーペットが敷いてあるからなのである。女中が隣室の襖を開ける音がした。

「どうせ風呂へ行きよるからな、ま、急ぐことないわ。夜は長い。ゆっくり行きまひょ」

剛平は昨日のノゾキの話を面白おかしくはじめた。

「丁度、植松ちゃんが来とってな。二人でのぞいたんや。向うは右の目、オレは左の目で、何せ狭いよって顔と顔がこう、ぴったりとついとるんや。植松のやつ、興奮すると、頰ぺたがピクピク動きよってな、それがこっちの頰ぺたに伝わるんや……」

やがて剛平はおもむろに立ち上った。

「さ、ぼつぼつ行こか」

「はッ」

忠治は緊張し生ツバを呑みこんだ。童貞の忠治は植松の頰の痙攣《けいれん》どころか、もっと不ザマなことになりかねないことがこわい。剛平は押入の上から手招きした。天井裏は暗い。埃《ほこり》くさくむっとしている。夜の池のように暗く広がっていて、遠くの部屋の節穴からかすかに電燈の光が流れ込んでいるほかは剛平が作った隙間から隣の明るい光が一筋、黄色くさしこんで来ているだけである。突然、真下で女の笑い声のような声がした。

「どうした?」と男の声。

剛平は隙間に目を当てた。と思うといきなり顔を引いて、強く忠治を引っぱった。見ろ、と隙間を指さしている。忠治は隙間に目を寄せた。電燈が煌々《こうこう》と部屋を照らしている真下に、裸の男の背中があった。くろい大きな背中だ。背中に大きな灸の跡がある。男の大きな肩の横から、笑っているような泣いているような女の顔が出ていて、左右に顔をふり動かしながら何やら叫んでいる。

その顔に忠治は愕然《がくぜん》とした。はぎ取るように隙間から顔を放し、剛平を見た。剛平の顔は天井の闇の中に呑まれ、僅《わず》かに隙間からの光が不精ヒゲの生えた顎《あご》のへんを照らしているだけである。

「男はスケ虎やな」

うなるように剛平がいうのを後に、忠治は押入から飛び出した。剛平はつづいて出て来ると、黙って机の前に坐り、黙ってビールをコップについだ。

「ああ、あの葉田和子がなあ……」

しばらくして剛平はいった。

「五万円、賭けんでよかったな」

二人は黙ってビールを飲んだ。

「ああ、わからんな、もう、この頃の若い子は……」

またしばらくして剛平は悄然といった。

「もう、オレの出る幕やないな。もう、わからん……今の子はわからん……」

突然剛平は箸でビール瓶を叩きながら歌い出した。

「ショ　ショ　ショジョやない
ショジョやないショーコには……」

さっきからついたままになっていたテレビに、そのとき突然、葉田和子の大写しがあらわれた。女学生じみた丸い衿《えり》の野暮ったい服を着て、和子はクソまじめな顔でいっていた。

「わたくし、まだ何もわかりませんの。これから先輩のかたがたのおっしゃることをよく聞いて、一生懸命にがんばりたいと思っています」

剛平は赤面《あかつら》をふりふりビール瓶を叩きつづけた。

「ツン　ツン　つきのもの
三つきも　ナイ　ナイ　ナイ」

それに合せて忠治も、ヤケクソの大声をはり上げた。

「おいらのせいじゃない
ポンポコポンの　スッポン　ポン……」

# 田所女史の悲恋

# 1

田所女史は、田所修《しゅう》という、男のような自分の名前が気に入っていた。それは十九歳のときから仕事一筋に生きて来て、今では美容界五人女の一人に数えられている彼女にふさわしい、いうならば彼女の好きな独立自主の精神をあらわしている名前のような気がするからだった。

女史は四十五歳で独身である。背が高く筋肉質でいかり肩である。結婚、同棲の経験は一度もない。女史が処女かそうでないか、そのことについてカケをした新聞記者がいたが、誰もその事実をつきとめることが出来ないままに、そのカケはお流れになってしまったという。その話を耳にしたとき田所女史は天井を向いてカラカラと笑った。女史のカラカラ笑いはいつかその世界で有名になっていた。女史はいいたいことをいう我儘《わがまま》な女として知られていたが、また一面、豪放で磊落《らいらく》な女ともいわれていた。そして女史は、そんな評価のされかたに、おおむね満足をしていたのである。

「過去の日本の女が不幸だったのは、何よりも経済的に男性に依存しなければ生きて行けなかったということに大きな原因があります。私の若い頃の世の中には、女が職業を持つことを卑《いや》しむ風潮がはびこっていました。私はまず、その世の中の常識というものに体当りしてみたかったのです……」

　これは女史が某婦人雑誌に書いた「私の青春を語る」という文章の一節である。女史は都内八ヵ所に美容室を持ち、新聞、婦人雑誌に美容記事の欄を受け持っているほか、文章や口弁の立つところから、随筆家やテレビタレントとしても活躍している。陸軍大佐であった父の猛反対を押しきって、美容界の草分けともいうべき大河原みのり女史のもとに内弟子として入り、飯たき、雑巾がけを五年やってから、大河原女史のお伴でフランスへ行ったのをきっかけに師のもとをとび出し、食うや食わずでヨーロッパをひとまわりし、男性的な、大胆で迫力のあるカットで美容界に進出して来た彼女の二十五年間の苦闘は、あらゆる婦女雑誌が競ってのせたがった絶好の奮闘物語であった。

　女史は今や押しも押されもせぬ美容ファッション界の重鎮《じゅうちん》である。今年のおしゃれメガネの型は、そうね、キツネ型も飽きたからタヌキ型がいいわ、女史が一言いえば、それが一九六×年のメガネの型の基礎となる。

「大河原先生は日本の美容界のガンですよ。彼女が天皇である間は、まだまだ日本の美容界はダメだ。とにかく古いですね。わたしの昔の先生ですけど、古いものは古いといわせていただくわ」

　女史はジャアナリスト相手にそういうことも平気でいう強さを持っているのであ

る。

かつてあるマンガ家が、各界名士を動物になぞらえて描いたとき、女史はハナイキあらく前足で土を搔《か》いている闘牛になっていた。闘牛の前にひっくり返って泣きベソをかいている闘牛士の顔は、鼻の高い美男子になっている。マンガ家はその闘牛士にすべての男性を象徴したつもりだったのかもしれない。田所女史はそのマンガを見たときも、天井を向いてカラカラと笑った。しかし笑っている田所女史の胸の底で、女史がどれくらい深い傷を負っていたかについて気のつくものは一人もいなかったのである。

ここ数年、田所女史は東京近郊に小さな家を建てて、秘書の園部トモヨと二人で住んでいた。園部トモヨは女史の女学校時代の三年後輩である。最初の結婚に破れて以来、女史の片腕となって働いて来た。といっても自分を恃《たの》む心の強い女史のことであるから、トモヨが作った女史のスケジュールなど一度も守られたことがない。トモヨが約束した雑誌のインタビューなども平気ですっぽかされるし、トモヨがぜんぜん知らないうちに、ふと見ると女史がテレビでしゃべっていたりすることが始終であった。

「あんた、牛だったら、食べでがあるねえ」

女史はトモヨに向っていきなりそんなことをいうことがある。

「あの図体で恋をするんだからね。彼女を抱く男のツラが見たいわ」

とかげ口をきくこともある。トモヨは二十七のときに最初の夫と別れて以来、二年に一回の割で恋愛をくり返して来た。一口にいってトモヨはお人よしである。親切で気がいい。女史に何をいわれても怒らない。女学生時代からそうだったが、今でもコロコロとよく笑う。

「笑い声だけ聞いていると、どんな可愛いムスメがいるのかと思うわね」

と女史はいう。トモヨはいつも笑っている。そしてときどきその可愛いまろやかな声で女史の肺腑《はいふ》を貫くことをいった。

「あんた、男とやりなさい。やらないから闘牛になっちまうのよ」

三月はじめの、へんに生あたたかい風が吹いている夜ふけ、田所女史は新聞社に渡す「四月を美しく」の美容原稿を書きながら、ふと顔を上げて呟《つぶや》くようにいった。

「どうだろう、スワニーホテルの主任、園部くんに」

「行夫に？」

トモヨは驚いて、コーヒーをわかしていた手をとめてふり返った。園部行夫はトモヨの甥である。某大学の美術科にいたが、突然退学をして大河原女史の美容学校に入った。在学中から大河原女史に認められて卒業後も学校に残りその側近となりかかったのを知って、強引に田所女史が引きぬいた。以来、彼は田所銀座美容室で働いているのである。

「そうよ、行夫くんよ、どうしてびっくりすることがある?」

女史はむっとしたようにいった。

「わたしは適任だと思うよ。なぜ驚く?」

「だって、あんた……」

トモヨはそういったきり、あとは黙ってコーヒー茶碗を並べる。かねてから行夫に対する女史の指導が苛烈を極めていたことをトモヨは知っている。行夫の仕事ぶりを叱りとばすばかりでなく、他の技術者の何倍もコキ使う。代りの原稿を書かせたり、明日の朝までにセブンティーンとエルとマドモアゼルとヴォーグの美容記事を翻訳してこい、などと無理をいう。この二月に開いたヘアースタイル発表会ででも、女史は技術者として登場した行夫のそばで解説を勤めながら、いきなり観衆の前でそのブラシの使い方に文句をつけたりしたのだ。

新しく完成したスワニーホテルに美容室の権利を取るについて、女史は少なからぬ金を使った。女史はこの美容室に力を入れようとしていた。ここへ来る客は東京でも上流の夫人令嬢ばかりで、スワニーへ行くのよ、といえばそれだけでトップレベルのおしゃれをしているという証拠になるような美容室にしたい。

「園部くんは美容師としては変りダネなのがいい。我慢強いし、無口なのがいい。礼儀正しいし、いつまでも初心を失なわないのがいい。あんたの甥とは思えないくらい、身ごなしに品がある」

そして女史はこの武蔵野の外《はず》れを吹く春の風に、ちょっと耳を傾けるような表情になった。

「彼の笑いかたは退屈している金持の女たちにうけると思う。何かこう、思いつめているような目をしているね。思いつめているわけではなくて、そんな風な目なんだな。笑うときはその目から笑いはじめて、それから、自分が笑えてくることに困惑しているように口が笑う」

女史は呟いた。

「二十六か——若いねえ……」

女史は目を空に向けてトモヨが運んで来たコーヒーをとり上げて、一口飲んだ。

「あっ、チチ……あんた、まあ、なんてコーヒーを飲ますのよ」

「あわてなさんな、今、ミルクを入れようと思ってるのに」

トモヨは女史がこぼしたコーヒーを悠然と拭きながら、いった。

「行夫か——しかしおどろいたわねえ……」

その瞬間、田所女史は激しい屈辱を感じて思わず目を伏せた。女史は園部行夫を愛していたのだ。誰にも知られず、いや、自分自身でさえ知らぬうちに愛していたのだ。

「なにもおどろくことはない。彼は適任よ」

もう一度女史はいった。しかしその声は近来になくへんに弱々しかった。

## 2

「ねえ、もしもさ、地球上の男が全部死に絶えて、丸山さんと金杉さんだけが生き残ったとしたら、あんた、どっちとる？」

「マルさんと金やん？　どっちもパッとしないねえ。でも強いていえばマルさんかな」

「そう、じゃあ、金やんとね、スワニーホテルのマネエジャーだったら？」

「また、ひどいのを連れて来たねえ。どっちもいやよ」

「だってさ、ほかの男は全部、死に絶えてるのよ。それでもいいの？」

「うーん、しかたない、じゃあマネエジャーにするよ」

「じゃあね、マネエジャーとね、角のほら、柔道の先生とは？」

「どうしてそんなへんなのばかり生き残らせるのよ」

「いいから、いいから、答えなさい」

女史とトモヨはこの話題が好きだった。何回くり返しても飽きるということがない。寝る前のひととき、どちらからともなくはじめると、際限なくつづいて行き、二人は女学生のように笑いこけ、どたんばたんと布団の上をころげまわってだんだん興奮して行くのである。

二人は三十の女でもなく、五十の女でもない。女史は四十五でトモヨは四十二である。二人はもう若くはないが、そうかといって年をとってしまったわけでもない。結局、二人は気の合う友達だった。四十女ということで相惹くものがあったのかもしれない。翌朝目が覚めると、ふと思い出して、昨夜のつづきをはじめる。

トモヨが特にこの種の話題を好むのも今のところ、恋愛をしていないためかもしれなかった。四十の坂を越してから、急にむつかしくなって来た、と彼女は述懐していた。しかしそんなことをいうときもトモヨはコロコロと笑っている。女史にはトモヨのそのコロコロ笑いが、たまらなく癇にさわるときがあった。トモヨは男に捨てられても、三日目にはもう笑っているのだ。

田所女史は仕立おろしのスーツを着て園部行夫を都心のホテルへ呼んだ。女史は都心のホテルに部屋を借りていて、原稿を書いたり、雑誌記者との連絡に使ったり、ときには仕事の合間に仮眠をとったりしている。女史が指定した正午よりも三十分遅れて行夫はやって来た。行夫の欠点は時間にルーズなことである。それを咎《とが》めると、彼は素直にあやまる。しかし、一向にそれが改まる様子はない。

「そんなことじゃ、いつまでもカノジョは出来ないわよ」

今日は女史は鷹揚《おうよう》にいった。行夫は地味すぎも派手すぎもしない平凡な背広を着て、目立たない安モノのネクタイをしめている。女史は行夫のそんなところが好きである。女史はホテルのレストランへ行夫を連れて行った。

「今日はあなたに大事な相談があるの」

「はっ？　何でしょうか」

行夫は勇気をふるい起すように、テーブルの向うで大きく目を瞠《みは》った。

「スワニーホテルの話、知ってるでしょ？　ビューティサロンを持つ話」

「はあ、少しは聞いておりますが」

「そこの主任にあなたを抜擢《ばってき》したいのよ」

「はあ？　はッ……」

行夫は新兵のように固くなった。

「ねえ、引き受けてくれる？　園部くん」

「はっ……」

「そんなに緊張しないで……ねえ、どう？」

「はっ……」

女史は行夫がこの話に乗気でないことに気がついた。スワニーホテルの新しく出来るゴージャスな美容室――その主任に誰が選ばれるか、田所一派の美容師は一人残らず垂涎《すいぜん》して注目しているところである。女史は少なからずがっかりした。女史は行夫が喜ぶとばかり思っていたのだ。

「あんまり気がすすまないようね」

女史はいった。

「でも、もう一度よく考えてみてちょうだい。わたしとしては、あなた以外の人は、誰も考えていないんだから……」

「はっ……あいすみません」

行夫はいった。

「いいのよ、そんなに恐縮しなくても」

やさしく女史はいった。あるいは女史がそんなやさしい声を出したのは、生れてはじめてのことだったかもしれない。

行夫が主任の話を断って来たのはそれから三日目である。主任となるべき統率力が自分にはない、というのがその主だった理由だった。行夫は額に汗をにじませていた。

「それにぼくは、もっと勉強をしたいんです。ヘアースタイルだけじゃなしに、メーキャップについても考えていることがあるんです。生意気なようですが、ぼくはチャームディレクターとして、一つの流派を作りたいと考えているんです」

「わかったわ」

ものわかりよく女史はいった。

「あなたは変り者ね。でもわたしはあなたのそういうところが好きよ」

「はっ」

行夫はいった。

「申しわけありません――」

行夫が帰って行ったあと、女史はしばらく呆然《ぼうぜん》として机の前に坐っていた。

――わたしはあなたのそういうところが好きよ。

――はっ、申しわけありません。

女史はその会話を胸にくり返した。悲哀感が身体の中にひろがって行った。あの子はともかく、あんたがこわいのよ、前の晩、トモヨのいった言葉を女史は思い出した。――なにしろ、ずいぶん虐《いじ》められたからねえ……行夫にしてみればスワニーなんかへ引っぱり出されて、またあんたにハッパをかけられちゃ、命がちぢまると思ってるんじゃないかな……本当にそのとおりだろう。女史は全くよく行夫を虐めた。だが彼を虐めたのは、もしかしたら、女史の恋の芽生えだったのかもしれないのだ。

その夜、田所女史はテレビで大河原女史と対談する予定があった。「師と弟子」という番組である。そのテレビで女史は大河原女史とケンカをした。

「先生にご厄介になっていた頃は戦争中でしたから、いろいろ大へんなこともございました。ご飯なども一膳半以上食べてはいけないという規則がございまして、その規則を破った者は翌日はおいものお粥《かゆ》を……」

と田所女史がそこまでいったとき、大河原女史が、それに言葉をかぶせて、

「田所さんは当時からなかなかのしっかり者でしてねえ、配給のタバコなど、ほかのお弟子さんはみんな、自分はのまないからといって私どもにくれたものですけれど、田所さんはそれを闇値で売りたいといいましてねえ」

「それというのも、お給料など、約束通りいただいたことがなかったものですから。ええ、最初の一年は完全にただ働き、二年目からときどき、お小遣いをいただく程度で……よくまあ、自分でも辛棒出来たと思って感心しているんですけれど、ああいう昔ながらの髪結いの感覚ではもう今の時代は通用しませんですねえ……」

このへんから二女史の対談は次第に迫力を帯び、古さと新しさについての論議が火を噴かんばかりに戦わされたのである。

田所女史は興奮して帰って来た。

「テレビ、見た？」

帰るなりいった。

「見たよ、見たわよ、いったいどうしたっていうの。最初から顔つきが変ってるから、何かなきゃいいと思ってたんだけど……」

「ふん！」

田所女史はあらあらしく上衣をぬいで、ほうり投げた。

「あんたの甥っ子にふられたよ」

女史はいった。

「大河原先生の顔を見たら、急にシャクにさわってきたのよ」

「何のこと？　行夫と先生とどう関係あるの」

「どうあるんだか知らないよ」

女史は投げつけるようにいった。

「あんたの甥っ子はわたしがよっぽどこわいんだねえ……」

女史は棚からブランデーを出して飲みはじめた。

「ああ、女も男にこわがられるようになっちゃおしまいねえ」

トモヨは女史を見た。そしてトモヨは女史の頬に二人が知り合ってからはじめて、一筋の涙が流れているのを見たのだった。トモヨは我が目を疑った。女史は泣いていた。書きもの机に向って将軍のように背中を真直にし、片手にブランデーグラスを握ったまま、その頬を涙が滂沱《ぼうだ》と流れていた。

「お修ちゃん、どうしたの」

思わずトモヨは遠い昔の女学生時代の呼び名を呼んだ。それからトモヨは愕然《がくぜん》として叫んだ。

「まさか！　あんた……お修ちゃん……あの子に……」

「わたしが男に惚れちゃおかしいっての！」

はね返すように言葉がとんで来た。

「あんたが惚れるのはおかしくなくてさ！」

それ以上女史はつづけることが出来なくて、しゃくり上げた。感動がトモヨの胸にこみ上げて来た。トモヨの頬は紅潮した。元来トモヨは感激派のお人よしなのである。

「おかしいことなんかないわ。すばらしいわ、すばらしいことだと思うわ」

トモヨはいった。

「大丈夫よ、あの子だってきっとあんたを好きになるわ。男だもの、女に好かれていやな気持のする男なんていやしないわ。ゼッタイ大丈夫よ。あの子はあんたを尊敬しているんだもん」

しかし、涙の中から女史はいった。

「だってあんた、彼はわたしをこわがってるっていったじゃないの」

「それはあんたの気持がわからないからよ。好きとわかればちがってくるわ。いいわ、明日、わたしが会うわ。会ってあんたの気持を伝えるわ」

「やめて！　ダメ！」

女史は痛い所にさわられたようにとび上った。

「彼をこれ以上、こわがらせたくない！」

「いいじゃないか、こわがらせて引き寄せるのよ」

「バカ、お化けの見せものじゃないよ」

しめやかに四月の雨が降っていた。

「この雨で桜が咲くね」

女史は呟いた。それは女史のはじめての恋だった。女史はそれを今、はっきり意識した。それがはじめてであることが、女史には少し恥かしかった。

3

女史はもうトモヨに向って「牛だったら食べでがあるねえ」などといえなくなった自分を感じていた。あの日以来、トモヨは何となく女史の優位に立っていた。トモヨ

はすべすべしたのどの奥で、コロコロとたのしげな笑い声をころがしながら、

「やっちゃいなさいよ。やれば気がおさまるわ」

などという。女史はそんなトモヨのいい方に嫌悪を感じた。それは今までの女史にはなかったことだ。

「男なんて、女なら何だっていいのよ。絶対に本当よ。保証する。男の恋は叶わなくても、女の恋は叶うのよ。このわたしを見なさい。本当だってことがわかるでしょ」

トモヨはトモヨなりに女史を力づけようとしているのだった。トモヨは親切な気のいい女だ。甥を犠牲にしてでも、女史の懊悩《おうのう》をとり除きたいと一心に思っている。

「あんたは行夫の生殺与奪《せいさつよだつ》の権を持っているんじゃないの。あんたの機嫌をそこねたらどういうことになるか、あんたがその気になれば、あんな若僧のイキの根をとめることなんか造作ないんだってこと、わたしが行夫に教えてやるわ。行夫だって、それを考えたら……」

「よしてよ、それじゃあ、あんまり惨《みじ》めだわ」

「惨め？」

トモヨはコロコロと笑った。

「そんなことはじめからわかってるじゃないのよ、どっちにしたって四十五と二十六だもの、多少のムリは承知の上でやんなきゃ……」

「いいよ、もうそんなに心配しなくっても。わたしはわたしで気長にやるよ」

「気長に？　何いってるのよ、あんた。向うは気長でいいかも知れないけど、あんたは一日を争うのよ。うかうかしてるとすぐ五十になっちまう」

「もういいったらいいよ。うるさいね。少し黙ってて――」

女史はどなった。今はっきり女史はトモヨがにくらしかった。開けた窓から灯を慕ってコガネ虫がとびこんでくる。トモヨのふっくらと丸い手がそれをつまんで、人さし指と親指の間にひねりつぶす。メリメリというような音を立てて、つぶれた虫を、トモヨはポイと窓の外に投げ捨てた。

スワニーホテルのビューティサロンは七月一日が開店の予定になっていた。季節はもう六月に入っていた。だが行夫の代りを女史はまだ決定していない。女史が銀座の店へ行くと、詰衿《つめえり》の白衣を着た行夫は、マスクの上から大きな目を見はるようにして、一瞬直立して女史に挨拶《あいさつ》をした。

「園部くん、こんにちは」

女史はにこやかにいう。

「どう？　まだ気持変らない？　あとを決めないで待っているのよ」

「はっ、申しわけありません――」

行夫は逃げるように立ち去ろうとする。女史はいった。

「そう逃げなくてもいいわ。そのうちもう一度、ゆっくり話し合いましょう。今度はゆっくり時間をかけてくどき落すからね」

冗談めかしてそういいながら、女史は昔、大河原女史のもとにいた頃、美容院を持たせてやるという話を餌に、美容師をくどいてまわる材料屋の親爺がいたことを思い出した。みんなは彼のことを「ヒヒじじい」と呼んでいた。男は自分がヒヒと呼ばれることを知っていて、呼び出しの手紙の終りに、「ご存知ヒヒより」と書いていた。女史はその男のことを思い出す。若さとは残酷なものだ。何も見えないし、何も感じない。ご存知ヒヒより——今、女史はそう書いたあの材料屋の気持が実によくわかる。

ある夜、田所女史はトモヨに内緒でホテルに行夫を呼んだ。女性雑誌のグラビアの撮影に半日を費して、疲れて立ち寄ったホテルで仮眠して、眼がさめたとき突然、猛然と女史は行夫に会いたくなったのである。

行夫はまだ銀座の店にいた。もう九時近かったが、行夫はお得意から頼まれたかつらのセットをしていたのだ。女史からの電話で行夫はやって来た。十分以内に来いといったのに、やって来たのは五十分後だった。その間に女史はブランデーを少し飲んだ。それから女史は思いついて風呂に入った。風呂に入っている間に行夫が来ればいいと思ったのだ。しかし女史はすっかりのぼせ上って、腹を立てながら風呂から出た。のぼせたので暫《しばら》くの間、裸でいた。その間に行夫が来たら面白いと思った。だがクーラーが冷えすぎて女史は仕方なく服を着た。それから再びブランデーを飲み、瓶を半分ほど空けたとき、行夫が入って来たのだ。

「十分以内に来てっていったのにイ……」

いきなり女史はいった。そういう自分の声が酒のためか恋のためかいつもと違うことを女史は意識した。

「どうしてあなたはそう、わたしを苦しめるの！」

「はッ……」

行夫は緊張した。彼の大きな目は不安そうに女史を見、それからブランデーの瓶を見た。

「飲む？」

女史はいった。

「はッ……いいえ、結構です」

それから行夫は意を決したようにいった。

「実はぼく先生にこの間からおめにかかりたいと思っていました」

「わたしに？　まあうれしい。それほんと？」

女史は行夫のためにブランデーを注いだ。

「さあ、乾杯しましょう」

女史ははしゃいでグラスを上げた。

「わたしたちのスワニービューティサロンのために！　……」

行夫は苦笑した。しぶしぶグラスを取ってさし上げた。

「先生！」

いきなり行夫はいった。

「ぼくは、先生がぼくを推して下さったことを、大へん光栄に思っています」

行夫は更にいいつづけようとして、少しどもった。

「ぼ、ぼくは、前から、先生を尊敬していましたから、ですから……本当にぼくは先生にすまないと……」

女史は機嫌よく笑った。

「こちらへいらっしゃい、ぼくちゃん」

女史は長椅子の方へ行きながら歌うようにいった。

「ここへおかけなさい。そしてもうスワニーのことじゃなく、べつのお話をしましょう」

行夫は女史と並んで長椅子の端にかけた。女史は行夫を眺めた。

「なんてきれいな手をしているの」

女史はいった。

「その手を見ていると、ああわたし、苦しくなるわ」

「先生——」

行夫はまださっきのグラスを片手に持ったまま、女史の言葉も耳に入らぬかのように思いつめた調子でいった。

「スワニーの主任のことですが……」

「いいのよ、あの話はもう打ちきりよ」

「いいえ、先生、お願いがあるんです。スワニーの主任、ぼくの代りに貝島くんを抜擢してやって下さいませんか」

「貝島ってだれ？」

「貝島摂子です。店の……」

その一言は女史の目を覚ました。女史は長椅子から身を起こした。

「貝島摂子——」

女史はいった。

「彼女はあなたのなに？　恋人？」

「まだ恋人というわけじゃありません」

行夫はいった。

「ぼくがただ……ひとりで思っているだけです」

女史の目は燃えた。女史は蘇《よみが》えった。眠りから覚めた獅子のように、女史は行夫を見た。

「彼女は幾つ？」

「二十九です」

「じゃあ、あなたより上ね」

「はア」

行夫はいった。

「でも、とても若く見えます」

女史は大声を出した。

「若く見えたってなんだって、上は上よ」

「はッ、すみません」

「その人と結婚しようと思っているの？」

「いや、まだ、そんな……第一、向うがぼくのことを何と思っているか……」

「意志表示したことないの？」

「はア、そのうちに機会を見て……」

女史はいった。

「スワニーの主任を譲ったことで釣ろうってわけ？」

「釣るなんてそんな……」

突如、怒りが女史の胸を衝き上げた。過去二十五年間、女史をして幾多の苦難や闘いを乗り越えさせて来たものは、危難に向って燃え上る憤怒の力だった。今、女史は久しぶりに胸もとに迫るその憤怒の、熱い焔硝《えんしょう》くさい匂いを嗅いだ。

「そんな虫のいいことは許さない！」

女史はどなった。怒りが女史を立ち上らせた。

「このわたしを何だと思ってるの、園部くん。わたしは田所修よ！　忘れないでちょうだい！」

行夫は呆然として、今までより、急に十センチも背が伸びたように見える女史を見上げていた。

「わたしが誰のために六百万もの権利金を使ったと思ってるの？　えっ？　誰のためだと思ってるの、貝島摂子なんて、関係ないのよ、わたしには……」

行夫は慌てて立ち上った。女史がじりじりと行夫に迫って来るような気がしたからである。

「先生、あやまります。ぼくが軽率でした……」

必死の思いで行夫はいった。

「とり消します。貝島のことはとり消します……」

行夫は長椅子の後へ廻った。

「ぼくは先生に甘えすぎました。許して下さい……」

行夫は長椅子の後からジリジリと横這《よこば》いに動いて行った。行夫はもう少しでドアーに届くところまで行った。女史は叫んだ。

「逃げる気？　あんた！」

女史は行夫に近づいた。行夫の唇は女史の目の前にあった。それは怖れのあまりかすかに開き、白く輝く若々しい前歯がのぞいていた。新しい憤激の波が女史を襲った。ああ、何という若さだろう。何という怖れかただろう。ああ女史は彼を愛していた。だがしかしこの若々しい青年の前で、女史の口から出る愛という言葉は、何とあらあらしく攻撃的に聞こえることだろう――

「帰りなさい――」

女史はうなった。

「早く、さあ……」

とまどっている行夫に向って女史は威嚇《いかく》するように足ふみをした。

「帰りなさいったら、帰るのよッ！　……」

## 4

行夫は何も気がつかずに帰って行った。彼の気がついたことは機嫌のよかった女史が、怒ったということだけだった。彼が女史の気持に気づくには、彼にとって女史はあまりに雄々しかった。女史はそれを知っていた。

行夫の足音が消えると、女史はすぐに電話を取ってトモヨを呼び出した。

「今夜はこっちに泊るから、明日の朝、十時に起しに来ておくれ。それから銀座店の貝島摂子をクビにすること、考えておいてね」

「貝島摂子？　副主任じゃない。何かあったの？」

「そう。もううちに置いとくわけに行かないんだ」

「なぜ？　いくらあんただって、そう簡単に出来やしないよ」

「それをするのがあんたの役目じゃないか。何だい、月給ばかり高くとって、男に惚れるばかりが能じゃないよ」

「わかったわよ。何とかしましょう。けど、いったい何があったのよ？」

「園部行夫が惚れている」

女史はズバリといった。

「それが理由だよ」

「えっ、ほんと！　でも、どうしてそれがわかった？」

「いったんだよ、本人が」

「貝島が？」

「ちがうよ、あんたの甥っ子だよ」

トモヨは叫んだ。

「あんた！　お修ちゃん、そんなこと……」

女史はおおいかぶせた。

「あんたの甥っ子にいっておくれ。スワニーの主任をどうしても断るなら、うちから出て行ってもらうより仕様がないって……」

「お修ちゃん！」

「でも大河原先生の方へはもどれないよ。もどれないようになっているんだから、もどれないよって……」

「あんた、くどいて、ふられたんだね」

「くどいて？」

女史は受話器を耳にあてたまま、天井を向いた。女史はカラカラと笑った。

「くどかなくたって、ふられることはあるさ。世の中には、くどいているってことを、どうしても相手にわからせることの出来ない人間もいるんだよ。抱いてほしがっているのに、殴りかかろうとしているという風に受けとられる人間が……」

「お修ちゃん！　そんなところに泊らないで、すぐに帰って来て。そして何があったか話して……」

トモヨは叫んだ。

「ねえ、ねえ、帰っていらっしゃいお修ちゃん！」

「なに泣き声を出すことがある――」

女史は声をはり上げた。

「だからあんたはダメな女なんだ。一生、わたしに使われて、死んで行く女なんだよ！」

ガチャリと女史は電話を切った。

翌朝、十時より少し遅れてトモヨがホテルに着いたとき、女史はもう起きていて、ロビーで雑誌社のインタビューに応じていた。

「わたくしは女性にもっともっと魅力的になってもらいたいですね。そうして沢山の男性に愛される女性がうんと増えてほしいですね。わたくしは世の中の女性をより美しくするために、自分の半生を捧げて来たことをとても誇りに思っています。美しくなると女性は自信を持ちます。世の中の女性全部が美しさに自信を持てば、女は本当に強くなれると思うんです。自信のない人生なんて全くあわれですからね」

　インタビューのあと、女史は顧問をしているエール化粧品へ行って、秋に売り出す口紅の色についての意見を述べ、それからエール化粧品の女子社員に魅力学についての講演をし、そのあとファッション誌の写真撮影に立ち会った。

「エールの木山部長に、貝島のこと、頼んでおいたわ」

　写真撮影の合間に、トモヨが近づいて来て囁《ささや》いた。

「エールが鹿児島に美容院を作るのよ。貝島にも話しといたわ。月給は今よりずっとよくなるんだし、貝島は病気の父親を養ってるので、多分行くと思う」

　それには返事もせずに女史はモデルの女の子に向って罵声《ばせい》を浴びせた。

「あんた、その格好、それなに。みどりのおばさんが借金のいいわけを考えてるんじゃないんだよ」

「木山は好色だからね。早速貝島に会いたいってさ。美人か美人かってしきりに聞くのよ」

　トモヨは笑ったが女史はどなった。

「そっちの人、眉のかき方、なってないよ。あんた、ダメだね、センスゼロだ」

「で行夫の方だけどこれがちょっと問題なの、何だか決心したふうでね、ぼくにはぼくの考えもある、なんていうのよ。もしかしたら、貝島に結婚を申しこむかもしれない」

「——彼は屈服するよ」

女史はカメラをのぞきながら、怒ったようにいった。

「わたしが押す横車は何だって通って行くんだ」

女史はスタジオを出て車に乗った。

「銀座店——」

と叱咤《しった》するように女史はいった。

銀座店で女史は働いている行夫を見た。うす紫の仕事着を着た女の子たちの間で、純白の仕事着を着た行夫は一匹の若鮎のように見える。背広を着ているときは平凡な青年が、仕事着を着ると人間が違ったように颯爽《さっそう》としてくる。女史の胸は疼《うず》いた。

女史は奥の事務所に入り、机の上の書類に目を通しながらトモヨに向っていった。

「呼んでちょうだい。彼を」

「でも今、お客さまの……」

「いいから、呼ぶのよ！」

再び女史の中にあの馴染《なじ》み深い憤激がもり上ろうとしていた。そこにいるのは恋に悩む女ではなく、なりふりかまわず敵としのぎを削り、それを倒して来た女である。

「お呼びですか、先生」

行夫の声に女史は顔を上げ、すぐにいった。

「園部くん、貝島のことは忘れなさい。わたしが命令します。いい？　そしてあなたはスワニーの主任になるのよ」

「それも命令ですか！」

反抗するように行夫はいった。女史の好きな、思いつめたような大きな目に、怒りが燃えるのをねじ伏せるように、女史はいった。

「そう、命令よ！」

行夫は黙った。女史は彼を見た。悲鳴のような声が女史の口からほとばしり出た。

「わからないの！　わたしにはあなたが必要なのよ、必要なのよ！」

それは女史の愛の告白だった。しかし女史は恋の悲しみというよりは、彼女の危機を感じていた。四十五歳の女史には、恋は危難なのだ。彼女は刺すように若者を見つめた。闘牛が闘牛士を倒そうとする寸前のように、荒い息を吐いた。若者は弱々しく呟いた。

「わかりました。おっしゃるとおりにいたします」

女史は乗り越えた。女史は立ったまま、将軍のように若者を見下ろしていた。しかし女史がその生涯でしたただ一度の愛の告白は、女史の権威の前に破れた若者の心にはついに届かなかったのである。

# 文庫版あとがき

佐藤愛子

「戦いすんで日が暮れて」は私の実際の経験をもとにして書いた小説である。これを書く約半年前に私の夫は事業に失敗して、我が家は破産した。

破産の日から私をとり巻く現実は一変した。何よりも一変したのは人間である。人はみな、生きつづけるために自分を変えるのである。意識するとしないにかかわらず変化する。

作家の娘として育ち、世間の利害損得にからむ常識というものを全く知らなかった私は、渦巻く倒産劇の中で見聞きする何もかもが憤ろしく、憤りに燃えるたびに、

「よし、見ておいてやる！」

とひとり心に呟《つぶや》いた。

「見ておいてやる」ということは、いつか、「書く」ということである。

私はこの経験をもとにして、バルザックのような大小説を書くつもりだった。そう思い決めた頃から、私は借金取りや裏切者と会うのが辛くなくなった。これもあれ

も、小説のタネとして転がって来る――そういう感じである。

そんなある日、小説現代から小説の注文が来た。その頃の私の文筆生活はといえば、主として少女小説を書いて収入の大部分を得、「おとな」の雑誌から小説を依頼されることは年に一度か二度くらいしかなかった。

私は倒産を舞台とする人間劇を大傑作に仕立て上げる意気に燃えていたので、たった五十枚という限られた枚数でこの貴重な経験を軽く書くことに抵抗を覚えた。

しかし私は金がほしかった。

そうして私は金がほしいという誘惑に負けて、不本意な「戦いすんで日が暮れて」を書いた。

五十枚の枚数であるから、軽く書いておこう。やがて時が来たらば、もう一度書けばいい、そう自らを慰めて私は書いた。それが思いもかけず、翌年、受賞したのである。

今、「戦いすんで日が暮れて」を読んでみると、軽く書いたつもりの五十枚の中に、凝縮されたものがあるのを感じる。三百枚の倒産人間劇を書くのも、五十枚のユーモア小説も同じであったような気が、今はしているのである。

昭和四十九年十二月

# 新装版あとがき

## 私の本音

佐藤愛子

小説でもエッセイでも、書き上げて一旦本になったものを私は読み返したことがありません。読み返さないというよりも、読み返せないのです。読むと欠陥が目についで手を入れたくなってしまう。しかしもう本になっているものに手を入れたところで、何にもならない。世の中の風に晒《さら》したものは、どうしたってもう取り返しがつきません。苦い思いが胸に残るだけです。悔恨というか、反省、自己批判というか、未熟さへの恥かしさ、そんな苦いゲップが湧《わ》き上って来るのを防ぐには、過去の作品は読み返さないことです。

『戦いすんで日が暮れて』は私が四十二歳頃、まだ世間様に認めてもらえない頃の作品ですから、直木賞を受賞した時は、欠点ばかり気にかかって受賞したことが恥かしく、手放しで喜ぶ気持にはなりませんでした。そのため文藝春秋のエライさまから「もっと心から喜ぶ人にあげたかった」とイヤミをいわれ、以後、文藝春秋とは冷やかな間柄になったりしたものです。

その『戦いすんで日が暮れて』の新装版を出したいと講談社さんからいわれた時は、

「はァ……そうスか……」

と例によってあまり嬉しそうな声は出なかったのです。新装版となるともう一度目を通さなければならない。それがイヤ、怖い。恥のかき直し。未熟なくせに完璧を求める頑固さは九十三歳になっても変わらないのです。

私の父は大正・昭和の大衆小説家でした。老いてからすることもなく、自分の壮年期の小説を読み直しては、

「うーん、実にうまい！　面白い！」

とひとり感心しているのでしたが、私にはなぜそう思えるのかがふしぎで、ヘンな人だなアといつも思ったものです。

習作時代を含めて七十年近く書きつづけて来て、足腰ばかりか思考力も記憶力も表現力も衰えた今は、五十年前のこの「戦いすんで」を読んで、

「うーん、面白い！　よく書けてる！」

と感心するようになっているのかどうか。試してみたいと思いつつ、うーん、やっぱり、コワイのです。

二〇一七年　七月

●本作品は、小社より一九六九年に単行本として、一九七四年に文庫として刊行されました。

|著者|佐藤愛子　1923年大阪生まれ。甲南高等女学校卒業。'69年『戦いすんで日が暮れて』（本書）で第61回直木賞、'79年『幸福の絵』で第18回女流文学賞、'79年『血脈』の完成により第48回菊池寛賞、2015年『晩鐘』で第25回紫式部文学賞を受賞。エッセイの名手としても知られ、近著に『役に立たない人生相談』『九十歳。何がめでたい』などがある。

新装版《しんそうばん》　戦《たたか》いすんで日《ひ》が暮《く》れて

佐藤愛子《さとうあいこ》



2017年９月14日第１刷発行
2024年４月24日第10刷発行

発行者——森田浩章
発行所——株式会社　講談社
東京都文京区音羽2-12-21　〒112-8001
電話　出版（03）5395-3510
　　　販売（03）5395-5817
　　　業務（03）5395-3615

Printed in Japan

講談社文庫
定価はカバーに
表示してあります

KODANSHA

デザイン—菊地信義
本文データ制作—講談社デジタル製作
印刷———株式会社KPSプロダクツ
製本———株式会社KPSプロダクツ



ISBN978-4-06-293773-3

# 講談社文庫刊行の辞

二十一世紀の到来を目睫に望みながら、われわれはいま、人類史上かつて例を見ない巨大な転換期をむかえようとしている。

世界も、日本も、激動の予兆に対する期待とおののきを内に蔵して、未知の時代に歩み入ろうとしている。このときにあたり、創業の人野間清治の「ナショナル・エデュケイター」への志を現代に甦らせようと意図して、われわれはここに古今の文芸作品はいうまでもなく、ひろく人文・社会・自然の諸科学から東西の名著を網羅する、新しい綜合文庫の発刊を決意した。

激動の転換期はまた断絶の時代である。われわれは戦後二十五年間の出版文化のありかたへの深い反省をこめて、この断絶の時代にあえて人間的な持続を求めようとする。いたずらに浮薄な商業主義のあだ花を追い求めることなく、長期にわたって良書に生命をあたえようとつとめるところにしか、今後の出版文化の真の繁栄はあり得ないと信じるからである。

同時にわれわれはこの綜合文庫の刊行を通じて、人文・社会・自然の諸科学が、結局人間の学にほかならないことを立証しようと願っている。かつて知識とは、「汝自身を知る」ことにつきていた。現代社会の瑣末な情報の氾濫のなかから、力強い知識の源泉を掘り起し、技術文明のただなかに、生きた人間の姿を復活させること。それこそわれわれの切なる希求である。

われわれは権威に盲従せず、俗流に媚びることなく、渾然一体となって日本の「草の根」をかたちづくる若く新しい世代の人々に、心をこめてこの新しい綜合文庫をおくり届けたい。それは知識の泉であるとともに感受性のふるさとであり、もっとも有機的に組織され、社会に開かれた万人のための大学をめざしている。大方の支援と協力を衷心より切望してやまない。

一九七一年七月

野間省一

## 講談社文庫　目録

香月日輪　妖怪アパートの幽雅な食卓〈るり子さんのお料理日記〉
香月日輪　妖怪アパートの幽雅な人々〈妖アパミニガイド〉
香月日輪　妖怪アパートの幽雅な日常〈ラスベガス外伝〉
香月日輪　大江戸妖怪かわら版①〈異界より落ち来る者あり〉
香月日輪　大江戸妖怪かわら版②〈異界より落ち来る者あり　其之二〉
香月日輪　大江戸妖怪かわら版③〈封印の娘〉
香月日輪　大江戸妖怪かわら版④〈天空の竜宮城〉
香月日輪　大江戸妖怪かわら版⑤〈雀、大浪花に行く〉
香月日輪　大江戸妖怪かわら版⑥〈魔狼、月に吠える〉
香月日輪　大江戸妖怪かわら版⑦〈大江戸散歩〉
香月日輪　地獄堂霊界通信①
香月日輪　地獄堂霊界通信②
香月日輪　地獄堂霊界通信③
香月日輪　地獄堂霊界通信④
香月日輪　地獄堂霊界通信⑤
香月日輪　地獄堂霊界通信⑥
香月日輪　地獄堂霊界通信⑦
香月日輪　地獄堂霊界通信⑧
香月日輪　ファンム・アレース①
香月日輪　ファンム・アレース②
香月日輪　ファンム・アレース③
香月日輪　ファンム・アレース④
香月日輪　ファンム・アレース⑤(上)(下)
近衛龍春　加藤清正〈豊臣家に捧げた生涯〉
木《この》原《はら》音《なり》瀬《せ》　箱の中
木原音瀬　美しいこと
木原音瀬　秘密
木原音瀬　嫌な奴
木原音瀬　罪の名前
木原音瀬　コゴロシムラ
近藤史恵　私の命はあなたの命より軽い
小泉凡　怪談四代記〈八雲のいたずら〉
小松エメル　夢の燈《ほ》影《かげ》〈新選組無名録〉
小松エメル　総司の夢
呉勝浩　道徳の時間
呉勝浩　ロスト
呉勝浩　蜃気楼の犬
呉勝浩　白い衝動
呉勝浩　バッドビート
こだま　夫のちんぽが入らない
こだま　ここは、おしまいの地
古波蔵保好　料理沖縄物語
ごとうしのぶ　いばらの冠〈ブラス・セッション・ラヴァーズ〉
ごとうしのぶ　卒業
古泉迦十　火蛾
小《こ》池《いけ》水《みず》音《ね》　〈小説〉こんにちは、母さん
講談社校閲部　間違えやすい日本語実例集〈熟練校閲者が教える〉
佐藤さとる　だれも知らない小さな国〈コロボックル物語①〉
佐藤さとる　豆つぶほどの小さないぬ〈コロボックル物語②〉
佐藤さとる　星からおちた小さなひと〈コロボックル物語③〉
佐藤さとる　ふしぎな目をした男の子〈コロボックル物語④〉
佐藤さとる　小さな国のつづきの話〈コロボックル物語⑤〉
佐藤さとる　コロボックルむかしむかし〈コロボックル物語⑥〉
佐藤さとる　天狗童子
佐藤さとる　絵／村上勉　わんぱく天国
佐藤愛子　新装版 戦いすんで日が暮れて
佐木隆三　慟哭〈小説・林郁夫裁判〉

佐木隆三　身分帳
佐高　信　石原莞爾 その虚飾
佐高　信　わたしを変えた百冊の本
佐高　信　新装版 逆命利君
佐藤雅美　ちよの負けん気、実の父親〈物書同心居眠り紋蔵〉
佐藤雅美　へこたれない人〈物書同心居眠り紋蔵〉
佐藤雅美　わけあり師匠事《こと》の顛末〈物書同心居眠り紋蔵〉
佐藤雅美　御奉行の頭の火照《ほて》り〈物書同心居眠り紋蔵〉
佐藤雅美　敵討《かたきう》ちか主殺しか〈物書同心居眠り紋蔵〉
佐藤雅美　江戸繁昌記〈寺門静軒無聊伝〉
佐藤雅美　青雲遥かに〈大内俊助の生涯〉
佐藤雅美　悪足掻《あが》きの跡始末 厄介弥三郎
佐藤雅美　恵比寿屋喜兵衛手控え〈新装版〉
酒井順子　負け犬の遠吠え
酒井順子　朝からスキャンダル
酒井順子　忘れる女、忘れられる女
酒井順子　次の人、どうぞ！
酒井順子　ガラスの50代
佐野洋子　嘘ばっか〈新釈・世界おとぎ話〉

佐野洋子　コッコロから
佐川芳枝　壽司屋のかみさん サヨナラ大将
笹生陽子　ぼくらのサイテーの夏
笹生陽子　きのう、火星に行った。
笹生陽子　世界がぼくを笑っても
沢木耕太郎　一号線を北上せよ〈ヴェトナム街道編〉
佐藤多佳子　一瞬の風になれ 全三巻
佐藤多佳子　いつの空にも星が出ていた
笹本稜平　駐在刑事
笹本稜平　駐在刑事 尾根を渡る風
西條奈加　世直し小町りんりん
西條奈加　まるまるの毬《いが》
西條奈加　亥子《いのこ》ころころ
佐伯チズ　改訂完全版 佐伯チズ式「完全美肌バイブル」〈123の肌悩みにズバリ回答！〉
斉藤　洋　ルドルフとイッパイアッテナ
斉藤　洋　ルドルフともだちひとりだち
佐々木裕一　公家武者信平《のぶひら》〈消えた狐丸〉
佐々木裕一　逃げた名馬〈公家武者 信平㈡〉
佐々木裕一　比叡山の鬼〈公家武者 信平㈢〉

佐々木裕一　公卿《くぎょう》の罠《わな》〈公家武者 信平㈣〉
佐々木裕一　狙われた旗本〈公家武者 信平㈤〉
佐々木裕一　赤い刀身〈公家武者 信平㈥〉
佐々木裕一　帝《みかど》の刀匠《とうしょう》〈公家武者 信平㈦〉
佐々木裕一　若君の覚悟〈公家武者 信平㈧〉
佐々木裕一　くもの頭領〈公家武者 信平㈨〉
佐々木裕一　宮中の誘い〈公家武者 信平㈩〉
佐々木裕一　雲雀《ひばり》の太刀〈公家武者 信平⑪〉
佐々木裕一　決着の鬨《とき》〈公家武者 信平⑫〉
佐々木裕一　姉妹の絆〈公家武者 信平⑬〉
佐々木裕一　町くらべ〈公家武者 信平⑭〉
佐々木裕一　狐のちょうちん〈公家武者信平ことはじめ㈠〉
佐々木裕一　姫のため息〈公家武者信平ことはじめ㈡〉
佐々木裕一　四谷の弁慶〈公家武者信平ことはじめ㈢〉
佐々木裕一　暴れ公卿〈公家武者信平ことはじめ㈣〉
佐々木裕一　千石の夢〈公家武者信平ことはじめ㈤〉
佐々木裕一　妖《あや》し火〈公家武者信平ことはじめ㈥〉
佐々木裕一　十万石の誘い〈公家武者信平ことはじめ㈦〉
佐々木裕一　黄泉《よみ》の女〈公家武者信平ことはじめ㈧〉

柴田錬三郎　貧乏同心御用帳
柴田錬三郎　新装版 岡っ引どぶ〈柴錬捕物帖〉
柴田錬三郎　新装版 顔十郎罷り通る(上)(下)
島田荘司　御手洗潔の挨拶
島田荘司　御手洗潔のダンス
島田荘司　水晶のピラミッド
島田荘司　眩（めまい）暈
島田荘司　アトポス
島田荘司　〈改訂完全版〉異邦の騎士
島田荘司　御手洗潔のメロディ
島田荘司　Pの密室
島田荘司　ネジ式ザゼツキー
島田荘司　都市のトパーズ2007
島田荘司　21世紀本格宣言
島田荘司　帝都衛星軌道
島田荘司　UFO大通り
島田荘司　リベルタスの寓話
島田荘司　透明人間の納屋
島田荘司　〈改訂完全版〉占星術殺人事件

島田荘司　〈改訂完全版〉斜め屋敷の犯罪
島田荘司　星《せい》籠《ろ》の海(上)(下)
島田荘司　屋上
島田荘司　名探偵傑作短篇集 御手洗潔篇
島田荘司　〈改訂完全版〉火刑都市
島田荘司　〈改訂完全版〉暗闇坂の人喰いの木
島田荘司　網走発遙かなり〈改訂完全版〉
清水義範　蕎麦《そば》ときしめん
清水義範　国語入試問題必勝法〈新装版〉
椎名誠　にっぽん・海風魚旅〈怪し火さすらい編〉
椎名誠　大漁旗ぶるぶる乱風編〈にっぽん・海風魚旅4〉
椎名誠　南シナ海ドラゴン編〈にっぽん・海風魚旅5〉
椎名誠　風のまつり
椎名誠　ナマコ
椎名誠　埠頭三角暗闇市場
真保裕一　取引
真保裕一　震源
真保裕一　盗聴
真保裕一　朽ちた樹々の枝の下で

真保裕一　奪取(上)(下)
真保裕一　防壁
真保裕一　密告
真保裕一　黄金の島(上)(下)
真保裕一　発火点
真保裕一　夢の工房
真保裕一　灰色の北壁
真保裕一　覇王の番人(上)(下)
真保裕一　デパートへ行こう！
真保裕一　アマルフィ〈外交官シリーズ〉
真保裕一　天使の報酬〈外交官シリーズ〉
真保裕一　アンダルシア〈外交官シリーズ〉
真保裕一　ダイスをころがせ！(上)(下)
真保裕一　天魔ゆく空(上)(下)
真保裕一　ローカル線で行こう！
真保裕一　遊園地に行こう！
真保裕一　オリンピックへ行こう！
真保裕一　連鎖〈新装版〉
真保裕一　暗闇のアリア

真保裕一　ダーク・ブルー
篠田節子　弥勒
篠田節子　転生
篠田節子　竜と流木
重松　清　定年ゴジラ
重松　清　半パン・デイズ
重松　清　流星ワゴン
重松　清　ニッポンの単身赴任
重松　清　愛妻日記
重松　清　青春夜明け前
重松　清　カシオペアの丘で(上)(下)
重松　清　永《と》遠《わ》を旅する者〈ロストオデッセイ 千年の夢〉
重松　清　かあちゃん
重松　清　十字架
重松　清　峠うどん物語(上)(下)
重松　清　希望ヶ丘の人びと(上)(下)
重松　清　赤ヘル1975
重松　清　なぎさの媚薬(上)(下)
重松　清　さすらい猫ノアの伝説

重松　清　ルビィ
重松　清　どんまい
重松　清　旧友再会
新野剛志　美しい家
新野剛志　明日の色
殊能将之　ハサミ男
殊能将之　鏡の中は日曜日
殊能将之　殊能将之 未発表短篇集
首藤瓜於　事故係生稲昇太の多感
首藤瓜於　脳男 新装版
首藤瓜於　ブックキーパー 脳男(上)(下)
島本理生　シルエット
島本理生　リトル・バイ・リトル
島本理生　生まれる森
島本理生　七緒のために
島本理生　夜はおしまい
小路幸也　高く遠く空へ歌ううた
小路幸也　空へ向かう花
小路幸也 原案 山田洋次 平松恵美子　家族はつらいよ

小路幸也 原作・脚本 山田洋次 脚本 平松恵美子　家族はつらいよ2
島田律子　私はもう逃げない〈自閉症の弟から教えられたこと〉
辛酸なめ子　女修行
柴崎友香　ドリーマーズ
柴崎友香　パノララ
翔田　寛　誘拐児
白石一文　この胸に深々と突き刺さる矢を抜け(上)(下)
白石一文　我が産声を聞きに
小説現代編 石田衣良他著　10分間の官能小説集
小説現代編 勝目梓他著　10分間の官能小説集2
小説現代編 乾くるみ他著　10分間の官能小説集3
柴村　仁　プシュケの涙
塩田武士　盤上のアルファ
塩田武士　盤上に散る
塩田武士　女神のタクト
塩田武士　ともにがんばりましょう
塩田武士　罪の声
塩田武士　氷の仮面
塩田武士　歪んだ波紋

# 講談社文庫 目録

塩田武士 朱色の化身
芝村凉也 孤《こ》闘《とう》の寂《せき》〈素浪人半四郎百鬼夜行(六)〉
芝村凉也 追憶の翰《かん》〈素浪人半四郎百鬼夜行(拾遺)〉
真藤順丈 畦と銃
真藤順丈 宝島(上)(下)
柴崎竜人 三軒茶屋星座館1〈冬のオリオン〉
柴崎竜人 三軒茶屋星座館2〈夏のキグナス〉
柴崎竜人 三軒茶屋星座館3〈春のカリスト〉
柴崎竜人 三軒茶屋星座館4〈秋のアンドロメダ〉
周木律 眼球堂の殺人〈~The Book~〉
周木律 双孔堂の殺人〈~Double Torus~〉
周木律 五覚堂の殺人〈~Burning Ship~〉
周木律 伽藍堂の殺人〈~Banach-Tarski Paradox~〉
周木律 教会堂の殺人〈~Game Theory~〉
周木律 鏡面堂の殺人〈~Theory of Relativity~〉
周木律 大聖堂の殺人〈~The Books~〉
下村敦史 闇に香る嘘
下村敦史 生還者
下村敦史 叛《はん》徒《と》
下村敦史 失踪者
下村敦史 緑の窓口〈樹木トラブル解決します〉
九把刀 阿井幸作/泉京鹿 訳 あの頃、君を追いかけた
神護かずみ ノワールをまとう女
四戸俊成 芹沢政信 神在月のこども
篠原悠希 霊獣紀〈獲麟《かくりん》の書(上)〉
篠原悠希 霊獣紀〈獲麟《かくりん》の書(下)〉
篠原悠希 霊獣紀〈蛟龍《こうりゅう》の書(上)〉
篠原悠希 霊獣紀〈蛟龍《こうりゅう》の書(下)〉
篠原美季 古都妖異譚〈玉手箱~シール オブ ザ ゴッデス~〉
潮谷験 スイッチ〈悪意の実験〉
潮谷験 時空犯
潮谷験 エンドロール
潮谷験 あらゆる薔薇のために
島口大樹 鳥がぼくらは祈り、
杉本苑子 孤愁の岸(上)(下)
鈴木光司 神々のプロムナード
鈴木英治 大江戸監察医
鈴木英治 望みの薬種〈大江戸監察医〉
杉本章子 お狂言師歌吉うきよ暦
杉本章子 大奥二人道成寺〈お狂言師歌吉うきよ暦〉
ジョン・スタインベック 齊藤昇 訳 ハツカネズミと人間
諏訪哲史 アサッテの人
菅野雪虫 天山の巫女《みこ》ソニン(1) 黄金の燕
菅野雪虫 天山の巫女《みこ》ソニン(2) 海の孔雀
菅野雪虫 天山の巫女《みこ》ソニン(3) 朱鳥《あけがらす》の星
菅野雪虫 天山の巫女《みこ》ソニン(4) 夢の白鷺
菅野雪虫 天山の巫女《みこ》ソニン(5) 大地の翼
菅野雪虫 天山の巫女《みこ》ソニン 巨山《コザン》外伝〈予言の娘〉
菅野雪虫 天山の巫女《みこ》ソニン 江南《カンナム》外伝〈海竜の子〉
鈴木みき 日帰り登山のススメ〈あした、山へ行こう!〉
砂原浩太朗 いのちがけ〈加賀百万石の礎〉
砂原浩太朗 高瀬庄左衛門御留書
砂原浩太朗 黛家の兄弟
ジュナサリ・デヴィ・スカルノ 選ばれる女におなりなさい〈デヴィ夫人の婚活論〉
砂川文次 ブラックボックス
瀬戸内寂聴 新寂庵説法 愛なくば
瀬戸内寂聴 人が好き［私の履歴書］

瀬戸内寂聴　白　道
瀬戸内寂聴　寂聴相談室 人生道しるべ
瀬戸内寂聴　瀬戸内寂聴の源氏物語
瀬戸内寂聴　愛する能力
瀬戸内寂聴　藤　壺
瀬戸内寂聴　生きることは愛すること
瀬戸内寂聴　寂聴と読む源氏物語
瀬戸内寂聴　月の輪草子
瀬戸内寂聴　新装版 寂庵説法
瀬戸内寂聴　死に支度
瀬戸内寂聴　新装版 蜜と毒
瀬戸内寂聴　新装版 花《か》怨《えん》
瀬戸内寂聴　新装版 祇園女御《ぎおんにょうご》(上)(下)
瀬戸内寂聴　新装版 かの子撩乱
瀬戸内寂聴　新装版 京まんだら(上)(下)
瀬戸内寂聴　い　の　ち
瀬戸内寂聴　花のいのち
瀬戸内寂聴　ブルーダイヤモンド〈新装版〉
瀬戸内寂聴　97歳の悩み相談

瀬戸内寂聴　その日まで
瀬戸内寂聴　すらすら読める源氏物語(上)(中)(下)
瀬戸内寂聴・訳　源氏物語 巻一《まきいち》
瀬戸内寂聴・訳　源氏物語 巻二《まきに》
瀬戸内寂聴・訳　源氏物語 巻三《まきさん》
瀬戸内寂聴・訳　源氏物語 巻四《まきし》
瀬戸内寂聴・訳　源氏物語 巻五《まきご》
瀬戸内寂聴・訳　源氏物語 巻六《まきろく》
瀬戸内寂聴・訳　源氏物語 巻七《まきしち》
瀬戸内寂聴・訳　源氏物語 巻八《まきはち》
瀬戸内寂聴・訳　源氏物語 巻九《まきく》
瀬戸内寂聴・訳　源氏物語 巻十《まきじゅう》
瀬尾まなほ　寂聴さんに教わったこと
先崎　学　先崎 学の実況！盤外戦
妹尾河童　少年H(上)(下)
瀬尾まいこ　幸福な食卓
関原健夫　がん六回　人生全快
瀬川晶司　泣き虫しょったんの奇跡 完全版〈サラリーマンから将棋のプロへ〉
仙川　環《たまき》　幸福の劇薬〈医者探偵・宇賀神晃〉

仙川　環　偽装診療〈医者探偵・宇賀神晃〉
瀬木比呂志　黒い巨塔〈最高裁判所〉
瀬那和章　今日も君は、約束の旅に出る
瀬那和章　パンダより恋が苦手な私たち
瀬那和章　パンダより恋が苦手な私たち2
蘇部健一　六枚のとんかつ
蘇部健一　六　と　ん　2
蘇部健一　届かぬ想い
曽根圭介　沈　底　魚
曽根圭介　藁《わら》にもすがる獣たち
田辺聖子　ひねくれ一茶
田辺聖子　愛の幻滅(上)(下)
田辺聖子　う　た　か　た
田辺聖子　春情蛸の足
田辺聖子　蝶花嬉遊図
田辺聖子　言い寄る
田辺聖子　私的生活
田辺聖子　苺をつぶしながら
田辺聖子　不機嫌な恋人

講談社文庫　目録

田辺聖子　女の日時計
谷川俊太郎訳 和田誠絵　マザー・グース　全四冊
立花隆　中核VS革マル(上)(下)
立花隆　日本共産党の研究　全三冊
立花隆　青春漂流
高杉良　労働貴族
高杉良　広報室沈黙す(上)(下)
高杉良　炎の経営者(上)(下)
高杉良　小説 日本興業銀行　全五冊
高杉良　社長の器
高杉良　その人事に異議あり〈女性広報主任のジレンマ〉
高杉良　人事権！
高杉良　小説消費者金融〈クレジット社会の罠〉
高杉良　小説 新巨大証券(上)(下)
高杉良　局長罷免 小説通産省
高杉良　首魁《しゅかい》の宴《うたげ》〈政官財腐敗の構図〉
高杉良　指名解雇
高杉良　燃ゆるとき
高杉良　銀行大合併〈短編小説全集(上)〉
高杉良　エリートの反乱〈短編小説全集(中)〉
高杉良　金融腐蝕列島(上)(下)
高杉良　勇気凛々
高杉良　混沌《こんとん》 新・金融腐蝕列島(上)(下)
高杉良　乱気流(上)(下)
高杉良　小説 会社再建
高杉良　新装版 懲戒解雇
高杉良　新装版 大逆転！〈小説 三菱・第一銀行合併事件〉
高杉良　新装版 バンダルの塔
高杉良　第四権力〈巨大メディアの罪〉
高杉良　巨大外資銀行
高杉良　最強の経営者〈アサヒビールを再生させた男〉
高杉良　リベンジ〈巨大外資銀行〉
高杉良　新装版 会社蘇生
竹本健治　新装版 匣《はこ》の中の失楽
竹本健治　囲碁殺人事件
竹本健治　将棋殺人事件
竹本健治　トランプ殺人事件
竹本健治　狂い壁 狂い窓
竹本健治　涙《るい》香《こう》迷《めい》宮《きゅう》
竹本健治　新装版 ウロボロスの偽書(上)(下)
竹本健治　ウロボロスの基礎論(上)(下)
竹本健治　ウロボロスの純正音律(上)(下)
高橋源一郎　日本文学盛衰史
高橋源一郎　5と3/4時間目の授業
高橋克彦　写楽殺人事件
高橋克彦　総門谷
高橋克彦　炎《ほむら》立つ　壱 北の埋み火
高橋克彦　炎立つ　弐 燃える北天
高橋克彦　炎立つ　参 空への炎
高橋克彦　炎立つ　四 冥き稲妻
高橋克彦　炎立つ　伍 光彩楽土〈全五巻〉
高橋克彦　火怨〈北の燿星アテルイ〉(上)(下)
高橋克彦　水壁〈アテルイを継ぐ男〉
高橋克彦　天を衝く(1)～(3)
高橋克彦　風の陣 一 立志篇
高橋克彦　風の陣 二 大望篇
高橋克彦　風の陣 三 天命篇

2024年3月15日現在